世情薄

史杰鹏 著

北京联合出版公司
Beijing United Publishing Co.,Ltd.

目 录

香港电影《三笑》　　001

绳金塔　　008

夏天的记忆　　014

纪念我的二伯父　　023

小时候的中秋　　028

对外婆的悼念　　031

冻　疮　　039

童　年　　043

看电影　　065

打老婆的小柳　　071

苣　蒿　　076

端　午　　079

冰　棒　　084

学武术的回忆　089

拾稻穗　097

游泳和水鬼　100

关于狗的记忆　103

一只鸭子　107

小时候的零食　111

牛头山　116

早米和晚米　120

画画的回忆　124

说说我的外公　129

写春联　134

妈妈和一个故事　138

和鬼、死亡有关的记忆　142

和姨父一起洗澡　146

读诗词的回忆　150

恐高症　157

害怕黑暗　161

做苦力	165
两个回忆	169
舅舅的录音机	173
考试恐惧	179
自行车的故事	184
说说我的二姨	194
压岁钱	204
西　瓜	208
童年轶事	211
七月半	215
青云谱	218
戏　曲	224
正月初七及其他	226
救护车	229
剁椒鱼头	232
京师忆旧年	236
瘟猪肉	242

池塘的死鱼	246
桑葚	250
绳金塔记之外公本纪	253
绳金塔记之老姜列传	255
绳金塔记之香菊传	257
城南记之邻女传	258
城南记之堂弟列传	260
乡下记之城南流氓列传	262
那些炎热的夏日和青春	265

香港电影《三笑》

忆起《三笑》这部电影，简直有种与生俱长的感觉。那时我还住在南昌的金塔街，念初中。每天上学放学，都要经过南昌公共汽车交通公司，那门前经常贴着电影海报。有一天我看到海报上五颜六色的几个毛笔字：

香港彩色故事片
三　笑

《三笑》，这个电影常听外婆和妈妈提到，每次都眉飞色舞。我激动地跑回家报告。那时我们和外婆家比邻而居，外婆这人有着极品的浪漫，虽然她不过是酱油厂给人送酱油的，近乎庸俗，目不识丁，每天一早，便须和我妈妈两个推着板车奔跑于南昌的大街小巷。可是她骨子里小资气息之浓烈，跟身份有着强烈的反差。这种小资并非如我同学方子郊所言，坐在星巴克的屋里,忧郁地呷着咖啡之类。她的表现是那样的独特:不管多忙,只要路过电影院,必会停车看花花绿绿的海报。见有戏曲片,则会着急地下令:"赶快去买票,送完下一趟,去看电影。"接着这母女俩干劲冲天,拖着空板车,也顾不得回家换件稍微体面点的衣服,将板车寄存在电影院门口,小跑着就进去了,引来路人惊呼:"看哦,乡下人进城啦!"

那个年代的戏曲片产量很不少,一年必有几部。而故事也大多不过是落难公子中状元,经历一点点曲折,又赢得美人归之类,总之离了困顿、误会、苦情、恋爱和团圆,便没法演。虽然老套,外婆却看得津津有味。她根本一个字不识,那唱词是几乎不懂的。统计一下,每部片子她必看数遍,像越剧大片《红楼梦》,竟有三十遍之多。然而在她的圈子里并不是冠军,附近有个绰号"妖精"的单身老妪,以三十三遍的纪录夺得金牌。我还记得彼刻,外婆盯着那春秋甚高,一身呢子大衣,打扮得花枝招展的同庚姐妹,满脸哀苦。可惜那时并没有所谓影碟,否则,外婆定会熬夜加班,接连看完五遍才罢休。即便如此,她也不是没做过适当努力,她曾经浼求别人,想雇个放电影的,在自家的院子里放一两场《红楼梦》,可是因为外公的干涉,最终没有成功。如此迷恋戏曲,或许在今天真正的小资看来,非但算不得同类,反而是十足的腐臭。可是小资的定义到底是什么?就在前两天,还有人说我小资呢。天可怜见,我一不吃西餐,二不喝咖啡,衣服晦暗,头发蓬乱,跟小资这概念完全形同陌路。最后她说出的理由竟是:你这厮经常读那劳什子秦汉竹简,从坟墓里挖出来的,跟无产阶级劳苦大众的审美趣味相悬天壤,不算小资算什么?好吧,欲加之罪,何患无辞。既然小资这概念可以如此的因地制宜,见风使舵,那么我将它扣在当年五十多岁的外婆头上,大概也算不得不可以吧。

总算要扯到正题了。话说我一告诉外婆有《三笑》,她的眼睛刹那间亮得吓人。"快去买票。"说着她已经掏出腰包,"这部片子好看,我才看了十一遍，比老妖精少多了。"她把钱递给我。自然晚上我是要一同去的，叫我去买票，就不能没我的份，这是规矩。可是那是场什么电影呢？我真的糊涂了。我现在唯一记得的是，那次买了好多票，我们几乎倾巢出动，外公、舅舅、姨，一大堆。回来的时候我二舅舅还在哼哼："尊一声二奶奶，听我表一表。华安原是块好材料。从小宝护金，长大金护宝，屈膝为奴这是第一遭。我的好二奶奶呀，你好心成全有好报。"我却只顾去菜橱里，用手指钳剥皮鱼制成的干鱼块吃。他们很欢乐，热烈讨论，根本不管我。我吃了好多块。就在那个星光摇曳的晚上，我养成了伴随一生的习惯——看电视的间隙，跑到客厅里用手指钳桌上的干鱼吃，非常快意，这能不能通过心理学得到什么解释？

我仍然愿意回忆那场《三笑》带给我的记忆，但是好像除了唐寅出场的那句唱词"唐寅脱去解元巾，纸扇轻摇佛殿临"，就什么都不记得了，那还是因为我刚学了语文课本上《儒林外史》的"范进中举"那段，知道解元是举人中最牛的——谁能不知道各行各业中最牛的呢？我甚至连剧中秋香的扮演者大美女陈思思都没留下什么印象，这简直唐突佳人，该死之极。风华绝代的美女，倒不如那几块咸鱼干能给我更深的记忆，看来我的劳什子情商真的不高。当然，我也可以用"我那时还小啊"这句混账话搪塞过去，但是想想，人家刘彻呢？人家刘彻才七岁，就知道要打造金屋贮藏美女，以便好生享用。我纵然搞不到金屋，但脑子里做个白日梦以意淫的念头总不该没有啊！

一直等到前两年，我看到音像店《三笑》的影碟，想起年少时他们的痴迷，就笑着买了回来。一看之下不由惊叹，天！香港竟拍过这么好看有品位的片子么？我也曾看过周星驰的《唐伯虎点秋香》，实在是太无聊了，无聊加黄色。而这个《三笑》，普通话对白里穿插的那大段的曲子，从名称上看，是多么的雅致啊！似乎都是悦耳的苏杭小调，什么《茉莉花》《湘江浪》《山歌调》，特别是填的歌词都还算精巧。这在饱尝大陆近年来粗鄙不堪的电视剧歌词骚扰之后,感觉尤其异样。其实我对大陆文化界狂妄自大的习气早就忍无可忍啦,但为了不扯远,所以懒得多说。我要说的是,《三笑》之所以让我这样不厌其烦地看,曲调和唱词的优美固然是个重要原因,但里面人物装束的精美,色彩的典丽,也是颇为悦目的。尤其是演员的选择,那唐寅的风神俊朗,虽然可能是女性反串的,却丝毫没有带给我看电影《红楼梦》时,夏菁反串贾宝玉那样的厌恶。还有那致仕宰相的两个活宝儿子,一胖一瘦,表情滑稽夸张,唱词也相应的鄙俗而逗笑。真是从演员到作词,都善于择人。再要提到的就是那个美女秋香的扮演者陈思思了,这回她的魅力比咸鱼干可大得多,如果影片的画质够清晰的话,我一定会将她的姿容拷下放在电脑桌面上的。她的美丽不好描述,我不能像林纾写文言小说那样滥用几个"长眉入鬓""丰姿天然"之类陈腐的词来打发,但我也确想不出更好的词汇。有些女人走近了才知道她的美貌,那样也好描述,只要实在地写下自己的感受就行了。然而陈思思却活动在几十年前的屏幕里，那么远，在精神上和肉体上。你叫我怎么办？

我的外婆虽然还活着，但已经快八十岁了，自退休后，她早就转变了人生乐趣，小资的情调一扫而光。她的灵魂皈依了上帝，每周除了去一次教堂之外，便是躲在房间里读那竖版的《圣经》。灵魂想获得拯救的愿望何其迫切，几十年来，才子佳人的古典戏曲文化没有赐予她丝毫认识汉字的欲望，反是靠着那异族异国的上帝，她读懂了竖版繁体字的《圣经》。我在课堂上讲《古代汉语》的时候，由于习惯，总是写繁体字，前两天终于有个学生嚷道："那是个什么字？"我只好羞涩地擦去，换写一个简体的补上。我想那时是不是应该给他们讲讲外婆的故事？只是，《圣经》也早就有简体字本了，为什么我外婆要读繁体字本，难道她潜意识里觉得读繁体才算有文化，才有资格做个中西文化的交流使者？下次回家一定好好问问。

绳金塔

绳金塔这个名字有点难听,和"神经"这两个字音近。在我们家乡,说一个人脑子有病,只需要很简洁地下定义:神经。"病"字是可有可无的。这让我迁怒到这个塔上去了,它为什么这样不争气?取这么个傻乎乎的名字。

我在幼年,站在家里的院子里就可以遥看这个古老的塔,那时它的身体远没这么光鲜,连塔檐也没有,浑身疥藓地站着,颜色不一,砖色斑驳,青一块紫一块。砖缝里还不时伸出蓬乱的草和小树,看上去好不沧桑。最奇特的是塔尖的装饰是一个金黄色的铜瓶,这在中国的古塔里算是绝无仅有的吧?所以当我一度翻找中国古塔的资料,想发现绳金塔的照片而不得时,心里好一阵沮丧,没有理由嘛,凭什么那些个胖的、瘦的、高的、矮的乱七八糟的古塔都有资格进图片库,而我们这个额头独特、隆准龙颜的绳金塔反而不能呢？

关于那个塔尖的铜瓶，我从老头子们那里听来的是，本来是纯金的，后来日本鬼子来了，开着飞机，用铜制镀金的赝品将它换走了。这让我也好一阵遗憾，后来看多了抗日资料，不禁失笑，侵略者有必要那么卖力么，还给你铸造一个赐品，重新安上去？不过这传说有可能还是害了不少人，二十年前看《南昌晚报》，有个新闻说，十九个青年爬上绳金塔顶，想刮取那铜瓶上的镀金，被全部抓获。这又让我好一阵得意，原来我眼前日日见到的古塔，它头上的冠冕到底还是有点价值的，竟值得桑梓的游侠们冒着摔死或者坐牢的危险去亲近。虽然它的值钱与否，跟我完全无关，可是忝为它的邻居，似乎连惭愧也算是一种荣耀了。

那时我日日一抬眼就是这古塔，在我的怀古意识和能力还有待发育之前，我对它的眼光竟是那么漠然。偶尔的兴奋，却仅仅是伴随着它头顶的铜瓶而起的。现在我反而更多地回忆起它斑驳的塔身了，在我看来，那和斑驳的虎丘塔毫无区别。那样的传奇，那样的沧桑,那样的阅尽人间春色。可是那时我对它太过漠然。

绳金塔下的房顶是鳞次栉比的,矮而丑陋。我一度形容它们是一群老乌龟,蹲踞在古塔之下,把它围得密不透风。乌龟之间是我经常走的小巷。一年三百六十五日是湿漉漉的石头路,每家的墙角下都爬满了暗绿的苔藓和丰满白嫩的蛞蝓,这就是我的绳金塔下的印象。湿润而灰色,对我的心灵有好处,也有坏处。坏处自然是不消提的,卑贱而阴暗的灵魂在这里很容易潜滋暗长。好处也自然有,回想苏童的小说《南方的堕落》,姑苏的大街小巷又何尝不是如此呢?这样的经历也许可以锻炼人曲折的描写能力,还有就是,我看多了蛞蝓这样的东西,让我至今可以一边吃饭,一边吟诗道:

  我捧起一抔白嫩的蛆

  细致地将它们捏成蛆团

  然后喜滋滋地放在嘴里大嚼

  鲜润的汁水就那样顺着我的嘴角淌下

估计没有受过江南小巷训练的人，怕不易达到这般的境界吧。

我曾在一个炎热的中午，走到绳金塔下，看见塔的底层拴着一头牛，它懒洋洋躺在自己的粪便丛中纳凉。走进去，感觉外面的炎热一下全部销歇了。这真古怪，古塔果真这么阴气森森么？它竟把牛粪的味道都冷冻了。不过我那时还小，并没有这样发思古之幽情，我只是想，打扫一下，就是个很好的纳凉之所啊。我扯这个印象实在太过突兀，但是关于我和这塔的亲近，独独记得这么个片断，真是没法解释。

后来我终于知道建塔的原因了，既然有塔，那么一定有寺庙。母亲告诉我："这地方叫老福山，就是老来享福的地方。好多有钱人都埋在这里的。当年太阿公（我们家乡把外公称为阿公）带着一家逃难来到这里，还是一片坟地呢。旁边很多寺庙，那塔下面的寺庙最大，叫'千佛院'，有一千尊菩萨的塑像。寺庙的方丈见太阿公可怜，让他住在山上的房子里安身。那本来是寺产，是寺庙的守墓人住的。房子外面的草足足有一人多高，我那时不到二十岁，晚上进城去看电影，回来时吓得毫毛直竖。"

"那么后来呢？"我看着那些鳞次栉比的老乌龟，心里暗暗惋惜。

"后来政府派人来拆了寺庙，挖了好多大墓。有些墓主穿的衣服很像戏服，还有好多金银玉器呢，都被挖坟的给瓜分了。"她想了想，补充道，"有一个墓是南京的一个大官夫妻两个，挖出来的时候，尸体肉色鲜红，像刚死的一样，全扔到河里去了。"

"哪条河？"我问。

"就是那条河。"我妈妈手一指。她是不知道河流名称的，她指的是不远处的抚河，赣江的支流。我回忆起那时的问话，想起了后来看到的南昌旧城资料。从绳金塔一直到抚河，原来是一片空旷的野地。确实，吴国伦写绳金塔畔的那句风景诗是何等的凄美：

　　双树影回平野暮，百铃声彻大江寒。

只有寥寥的几棵树，伫立在空旷的野地里，绳金塔塔檐的铜铃在秋风中，发出茕茕孑立的声响，这声响借着风,飞驰了出去,在奔流不息的秋江上回荡。他写的肯定是秋天的风景,因为,南昌的秋天是最美的。

我对绳金塔的怀旧是驳杂不纯的。我在它身下的不远处生活了近二十年,从来没有想过它是如此具有文化气息的风景。现在它已经被修饰得焕然一新了,然而却被周围的高楼包围了起来。它衣服光鲜然而畏缩局促地站在高楼们的阴影之下,再也不是众多乌龟们的偶像了。更重要的是,它变成了盆景,我由此更加怀念小时候见到的绳金塔,更、更、更加想象清朝初年的绳金塔是何等的风神俊茂,清逸不凡。这是我写这文章的来由。

这样的一座塔,建于唐天祐年间,也就是公元904到907年之间,由于相传建塔时在地下挖得"铁函"一个,内装金绳四匝、古剑三把(分别刻有"驱风""镇火""降蛟"字样)、舍利子三百粒,故而得名。

夏天的记忆

北京的夏天是比较好打发的,南昌和它没法比。小时候,我们都睡在街道两旁。下午五点多,就开始在街道旁浇水降温,等太阳一落,家家户户都把竹床搬到浇过水的地方,街道两旁摆得满满的。还有些人家,干脆把黑白电视机也搬了出来看。街道不算窄,偶尔有解放牌或者东风牌汽车呼啸而过,带着尖利的风声。那时的空气质量还好,躺在竹床上,满眼都是繁星闪烁。在南昌最闷热的季节,没有空调的年代,屋里是不适合睡觉的。睡在街道边非常舒服,只是凌晨会被人流声吵醒,特别是当太阳照在你身上的时候,一睁眼,发现街道两旁的竹床都不翼而飞,只有自己一个人孤单单地躺着,免不了有一丝怅惘,昨夜竹床如林的盛况,好像是梦中的童话世界。

不过我如今记得最多的,是乡下过暑假的日子。在对城市文明的便利有所领悟之前,乡下的生活我还是非常热爱的。在那里,我们一个家族都住在一间大屋子里。屋子比较古老,我不清楚在建筑学上叫什么格局,记得马头墙高低错落,非常醒目,就像八大山人纪念馆那样,大概是清式民居,只是墙壁没有粉刷成白色,而是本色的青砖。房子被中间的天井隔成两部分,北面是正房四间,两两相对。南面很简陋,东侧有个斗室,是我爷爷奶奶住的。厢房是连接房屋的南北两部分的,但都被我的大伯和二伯瓜分了。我父亲独得北面靠西的一个小房间,谁叫他是老三呢。他这间房很阴森,头顶上有个半边的阁楼,我从不敢往上看,总担心上面会坐着一个鬼,呵呵对着我笑。

  由此我对生儿育女抱着一种本能的厌恶。这么间大宅子,我爷爷奶奶两个,只能住在马厩一般的斗室里,他的儿子媳妇带着一行猪猡一样的儿女,却占着宽敞的铺着实木地板的正房。虽然这大宅子并非我爷爷奶奶挣下的家业,而是土改时从地主手里分到的,但他们仍有资格保持心里的不平衡。何况占了鹊巢的斑鸠们,对他们并没有什么好声气,我曾看见奶奶和大伯母隔着天井对骂，天井正飘下淅淅沥沥的小雨，显得好不诗意，但这一老一壮两个女人却并不是在联诗。我父亲想帮他母亲说两句，遭到了我大伯母一记耳光，而他竟然不敢还手，后来迂腐地向我解释，嫂子打小叔子，那是不能还手的，否则是忤逆。这是什么屁话？我从此对儒家的三纲五常也厌恶得透顶了。当然，若是真有三纲五常，我大伯母又何至于敢詈骂她的舅姑呢？只能敢怒不敢言，曲意奉承了。《国语》里说："古之嫁者，不及舅姑，谓之不幸。"真是虚伪的鬼话，而父亲之挨打，似乎又不是什么三纲五常的问题。相比我的大伯母，大概父亲还保留了一点"蠢猪式的仁义道德"吧！

真是扯得太远了。但是说起夏天的乡下，总不能不讲到我奶奶。长大后我才知道，这个奶奶和我并没有什么血缘关系，她是爷爷的续弦。我殊未料到，像我爷爷那样的土包子也有娶两个老婆的资格。我更没有料到的是，他曾经竟然是个打老婆的好手，我的亲奶奶就是被他打跑的。后来他遭到报应了，大约

1949年前夕,一队国民党士兵驻扎在爷爷所在的村子里,那些士兵大部分是被抓的壮丁,对于打仗,三心二意的,毫不敬业,拈花惹草的本事倒不小。其中一个四川籍的家伙泡妞就有一手,他像西门庆一样将我亲奶奶迷得晕头转向。她经不起他的诱惑,两人相约逃亡。据说我亲奶奶临跑的时候还踌躇不已,把我那还在襁褓中的父亲亲了又亲,抱了又抱,但终究敌不过爱情的魅力,毅然离去。曾经看过一首英文的爱情诗,写私奔的,场景情节用在我奶奶的经历上非常贴切,现在译了来抄在下面,算作对他们爱情的致敬吧:

　　先我至树下,万勿疑旧盟。

　　家务收拾就,即来相汝从。

　　然我不可度,费时将几许。

　　只可致誓词,万世咸爱汝。

　　在此聊相待,一定能再晤。

　　他们在村口的大树下会合,趁着夜色逃亡,这是有风险的，万一被抓住，男的肯定枪毙。他们还算幸运，顺利地跑到了湖南一个叫平江县的山沟里，在那里又繁衍了数个男女。八十年代初期，我爷爷竟然收到了他前妻的一封信，那个目不识丁的农家妇女，还记得她私奔时的起锚地。我的后奶奶得知有信来，当然很不高兴，好在那时大家都穷，基本上没人坐过火车，父亲三兄弟谁也没浪漫到像亚米契斯笔下的马尔科那样，买张车票去湖南平江县一个名称古怪的村子里去认母。穷人是讲究不起亲情的，我能想象爷爷的前妻坐在山沟里苦苦等待，最终明白等不到三个亲生儿子，只好郁郁而终了。

我从未想过一向亲密的奶奶竟然是我父亲的后妈，这实在不合常理，因为她对我太疼爱了，一点也不像没有血缘关系的样子。她有好几个孙子，但对我最好，真是莫名其妙，不可理喻。有段时间我曾经想，如果她不在了，就像很多人觉得毛主席去世不可想象一样，我会受不了。但当她真正殁亡之时，我也没觉得天塌了下来。

还是几家一起住在大宅子里的时候比较有趣。因为大伯父和二伯父都生了一窝又一窝的孩子，和我年龄相仿，所以大家在一起有的玩。白天就去抓金龟子和蝉，傍晚则抓蜻蜓。抓了金龟子就用棉线系住脖子，让它卖命地飞。那时实在觉得兴奋，现在回想起来，觉得自己过于残酷。它们被我系住脖子飞来飞去的时候，如果胸腔里有足够的血，是一定会激愤得喷出来的。可惜我的暴行从来没有被人提醒过，正如我们世世代代遭受着奴役，也从未有人提醒过我们一样。傍晚的蜻蜓则非常好抓，它们站在草上，却睡着了，随你怎么抓。我们常常撕掉它们一半的翅膀再释放，虽然那无异于折断一群俘虏的腿再给他们自由，但却不关我们的事。

蝉的命运是最不好的，一般被我们抓住，几乎就没有活路。它身子胖大，翅膀透明而薄，没有金龟子的善飞，用棉线系了它的脖子也委实寡然无味，于是大多数孩子就把它直接塞进炉膛煨熟，再黑乎乎地掏出来，掰下它的下半身填进嘴里，脸上露出满足而愚蠢的笑容。还好，因为我有比较顽固的饮食习惯，从来没有吃过，现在可以告慰一下心灵了。我希望那些可怜的会唱歌的小动物，下次投生到一个文明的国度！

在乡下过夏天的最大好处，是可以在河中游泳。我们城里金塔街的住处不远虽然有一条大河，可是大得过于夸张，水面上铺了很多竹排，有不少大人游着游着，就突然钻进了竹排底下，变成尸体，更何况我们这些孩子。乡下却满是池塘，颇有语文课本上描写的田园风味。饶是在这地方，我也差点两次被淹死。然而和小伙伴们戏水实在是太好玩了，两次险些淹毙的经历，并不足以抹去我热爱戏水的天性，每次必玩得手指苍白才肯上岸，这到后来，简直是我还愿意在乡下过暑假的唯一理由。

随着年龄的长大，我再也不愿意暑假去乡下了。我奶奶也颇有些失意，觉得我跟她不再亲近，可是事情并不这么简单，只是因为我逐渐发现了强烈的城乡差别。乡下没有电影看，没有冰棍卖（有也没钱买），没有西瓜吃……一切跟物质文明和精神文明有关的东西，乡下都统统的付诸阙如，我还有什么理由不逃离乡下呢？尽管乡下有和我亲密的奶奶，有荷叶池塘，但这吸引力远不足以让我放弃对城里文明生活的追求。虽然在城里，我们的日子照样艰苦。曾经看到报纸上采访一群暗娼，她们都是从乡下逃出来的，虽然在城里得像蟑螂一样东躲西藏，可是没有一个愿意回到农村的广阔田地，因为她们早已不习惯没有电灯空调和霓虹灯的生活。在20世纪80年代初期，我也正像一个21世纪的暗娼，对农村嗤之以鼻，早已忘记了它曾带给我的点滴欢乐。

城里的夏天我大抵是这样过的。如果有几个硬币，我大抵是去附近的小书摊上租连环画看。那时的南昌，在路边人行道上经常有老头子摆的租书摊，摊前列着一排排低矮的小凳，花上一分钱或者两分钱就能租到一本。《三国演义》《一千零一夜》、福尔摩斯的故事我就是从这个书摊中了解的。两分钱足以打发我一下午的时光，还记得有一次挑错了连环画我气得差点吐血。我说过，我外婆是个戏迷，她怂恿我看《红楼梦》，我就花上仅有的两分钱到书摊上租了一本。那本连环画的历史貌似非常悠久，页面泛着蓝色，模糊不清，每页都用塑料膜做了保护，好像是个传家宝。图也不是画家绘制的，而是拍摄的电影图片。我三下两下翻完了，目瞪口呆，只记得几个人名，什么宝玉、黛玉，至于他们干了些什么，一点不明白。我那时非常悔恨，对我外婆也心衔之，觉得她的胡乱推荐让我浪费了两分钱，那是我从母亲的口袋里搜到的唯一一枚硬币。她每天穿着这件粗糙的衣服辛勤地去生产队劳作，口袋里却只有这两分钱，我现在想起来还感到心痛。

这个夏天，北京比以往还要闷热，由于屋子小，我的书都堆在地下，垒得老高，和桌面平齐，摇摇欲坠，如此壮观的景色也加剧了心里的闷热之感吧。然而一想起童年的夏天，我仍是不寒而栗，打死我也不肯过回那些乱七八糟的日子。

纪念我的二伯父

前两天听到二伯父去世的消息,没感到有多少悲伤。据说他是一跤跌死的,躺在家门口没人知道,最后来了一位常伴他一起打发时光的老朋友,才赶紧叫车送去医院,可是已经没有进的气了。

总觉得二伯父不该这么晚景凄凉的,他有知识,有文化,在家乡以聪颖著称,很早就考上了工学院,读了五年书,邻近毕业时,却碰上下放:农村考出来的照旧回到农村去。他又是个顶老实的人(我们家族的大多老实),就乖乖回去了。可是据他一位老同学讲,班上有些人就坚决赖在学校,不肯回乡,最后上面也没有强迫——那些人就保住了他们来之不易的城市户口。

二伯父很擅长画机器图纸,因此在乡里的一个翻砂企业上班,早年厂子经常依靠他出差联系业务,因为内行实在不多,所以他年轻时跑遍了大江南北。我曾经披览他积攒的经典门票，故宫、颐和园、定陵博物馆什么的，非常艳羡。年轻的时候，我是多么渴望出去看看外面的世界啊，哪怕去外省的一个小地方，也许都有说不明白的新奇。这想法的幼稚是显然的了，如今我在北京生活了这么多年，连大门都不愿意多迈，那个定陵博物馆，至今也没有谋面，可见时光是多么能催老一个人的心灵。

九十年代末期，企业转轨，被几个官承包，像二伯这样的人便被一脚踢出，失业了。他是个书生，除了画图纸，根本没有别的谋生技能。于是家境逐渐困窘，只好为一些乡间私人企业看看大门，甚至为养鸭专业户看鸭棚、做饭，我当初听到这些，简直信不过自己的耳朵。在我多年的印象中，二伯是从来不沾任何家务的，每天下班就是捧着一张《参考消息》，冬天的新年，则穿着笔挺的呢子大衣到处访客。近几年我寒假回家时，他照旧穿着那件呢子大衣来找我攀谈，问问外间风物。我注意到他苍老得厉害，嘴巴里竟然缺了几颗牙齿，有一次甚至惊异地发现他连裤扣都没系上。这是怎么样的一种精神面貌？要知道，他并不是放浪形骸的艺术家。在我的印象中，他一直是衣衫笔挺的。

家道衰落至此。我父亲常常慨叹，二伯是一条龙命作成了蛇命，说他年轻时候，刚学成回乡，在乡中学教书，有个中学女老师想嫁他。可是那时闹"文革"，到处贴大字报，披露那女教师是破鞋，因此被他拒绝了。最后他找了一位乡下女人，比他小近十岁。可是依我父亲的话说，没文化的妇女，生下的儿女很难有出息，因为遗传基因相对差。这话既刻薄，又胡说八道，也不科学。不过倒很符合他的性格，我母亲和我们兄弟姊妹三个，从小也都在他这种侮辱和损害中长大，真不知道他哪来的优越感。在他心目中，能当上城里人才算有出息，而对农村孩子来说，想达到这个目标，除了考学，几乎没有别的途径。但是，由于环境限制，农村孩子从小家里见不到一册书，从小就没培养出读书的习惯，最后能有多少能考上大学？不得不承认，如果二伯父娶了个中学女老师，一切自然会两样。家庭环境，对塑造一个人起着无法估量的作用。

那个小二伯近十岁的妻子，五六年前就早早先去世了。据说是生了病没钱治，但真实情况，据我堂姐说，却不是这样。而是她以为自己的病不重，想挺挺就过去，省下钱可以为儿子娶媳妇，可是终于没挺过。死了老婆，二伯的生活更加一落千丈，虽然我二伯母也不是什么很爱清洁的人，可是她活着的时候，二伯还不至于落到裤扣也懒得系的地步。

我不知道自己究竟是不是一个凉薄的人，总之现在对于死亡，真的很难在心里起什么波澜了。虽然刚听到二伯去世的噩耗时，也吃惊了一下。而转念人终究是要死的，也就觉得很淡然。时常会有这样悲观的想法：这世间的每一个人死亡，或许都有一些为他悲痛的人，证明他来这世上走过一遭，有过轨迹。但是等到连为他悲痛的人也都死光了的时候，那他的存在过与否，就完全成为一个谜了。人生有什么意思？

我对于二伯和二伯母鲜活的印象，是二伯聚精会神地画图纸的时候，是二伯母躺在一个倒置的竹床上被抬往医院生产的时候。那时他们还风华正茂，可是属于他们的时间不知不觉就全部用完了，人世间是最喜新厌旧的，它很快抛弃了他们。我能做的，也就是作一个短短的铭文，当成对他的祭奠。铭曰：

愿者贫窭，黠者尊荣。

百无聊赖，奚必久生。

昔王侯之厚棺椁兮，

欲驻万世之精灵。

恨穷魂而下九原兮，

无郁郁之佳城。

小时候的中秋

不知不觉，中秋节又倏忽而至，不由得想起一些少年时的事。

家在南昌城南的乡下，现在看来，距城中心并不远，开车还不要半小时。那时因为路上坑坑洼洼，无论是谁，进一趟城都可以炫耀半天。然而空气却真是好，夏夜银河璀璨，似乎随时会倾泻而下；中秋的月亮，更是表里澄澈，莹洁如洗。

乡村人家，电灯不知是没有，还是舍不得电费，已经记不得了。总之中秋节大抵是这么过，大家都坐在月下，面前的小方桌上摆一个小碟，里面放着四个月饼，每个月饼切成四瓣或者八瓣，免得小孩子贪吃，一下拿走整块。记忆中南昌的中秋还有点热，所以守在月下，免不了要时时挥动蒲扇拍蚊子。

和北京不同的是，中秋节必吃柚子，所以现在想起中秋，就好像闻到了柚子的香味。

曾经，家里屋后有一棵很老的柚子树，临着一池碧水。还有一棵苦楝树和它并立，很高，却不如它结实，夏天爬满了蝉，叫声说不上悦耳，可是没有它，似乎活得就没有生气。

中秋还远远未到的时候，父亲就会趁黑攀到树上去摘柚子。喘着气，兴奋地将装满柚子的蛇皮袋扔到堂屋的地上。柚子树不是我们家种的，所以摘它要趁黑，要趁早。可能"摘"这个字不大妥，应当擦去，换成"偷"。

南昌的柚子本就不好吃，皮是青的，肉也青涩而酸，比不得黄皮的广柚。这种提前偷摘的柚子，有的才拳头大，简直是幼齿，暴殄天物，我们都不感兴趣。然而和父亲同样兴奋，只是因为，那树不是我家的。

偷摘别人青涩而酸的柚子，而并不因为爱吃它，这也许就是鲁迅说的损人而不利己吧。

虽然柚子瓤难以下咽，柚子皮却是可以做菜的。切掉外层的表皮，将里面的真皮片成小片，炒来吃，加点辣椒末，柔软而多汁，不苦，回想起来有一种很奇怪的感觉。那感觉是很温馨的，但并没有温馨到一定想要再尝的地步。

前年寒假回家，去看老屋。屋后那株老柚子树已经倒塌了。因为池水不断侵蚀它脚下的泥土。我曾质问父亲，为什么不帮帮它。父亲说，这不是我们家的树，我倒是想帮，可是用什么理由呢？

是啊，没有理由。就算它曾给过我们许多的乐趣。

南昌的中秋应当还有桂花，桂花的香味是我平生最迷醉的，从来都很疑惑，世上怎么还有如此细碎而奇香的花瓣。所以曾经一闻到桂花香水，就对洒它在身上的女孩也有非常的好感。

可惜我们乡间并不见有人种有桂树。桂者，贵也，也许我们真的不配吧。

对外婆的悼念

我的可爱的外婆终于死了,享年八十四岁。

前几天接到母亲的电话,说外婆病危,要我回家乡看她一眼。然而医生都说她没治了,我回去又能怎么样?何况她儿孙成群,实在并不缺少我一个。于是终于没有去。

今天接到妹妹短信,说外婆已经下葬。真快!从此我熟悉的那一个老妪,真的作别人间,成了古人。"作古"这个词,小时候听到,哪里能理解它内涵的精微。长大了才明白,人的生命一旦消失,就确实成了历史。天何言哉,四时行焉,万物生焉,它并不忙于送往迎来。

我记忆中的外婆是个很懂得享受生活的人,然而生活得并不优雅。每天凌晨,星光熠熠的时候,她就要和我母亲拖着板车去酱油厂装酱油,然后运送到市内的各个商店。酱油厂在原来的爱国电影院对面,当年上小学，放暑假的时候，我也经常去给她们母女俩帮忙助推。满载一板车酱油出来向南，有一段长坡，行起来很吃力。推上去之后，我们就会放下酱油车，到路边的冷饮店喝一杯冰水，顺着喉管灌下去，直凉到心脏发紧。这是我记忆犹新的一个享受，也许，我每每要求加入她们推酱油的队伍，仅仅是为此吧！

那时的外婆也有五十五岁左右了，这项劳作，她一直干到近六十岁，有一次被车把撞断肋骨才退休。或者不应该叫退休，因为她并不享受任何劳动伤残保险和退休金。

每天拖着空板车回家，外婆就会坐在院子里，点上一支香烟，惬意地过把瘾。没有的时候，则拿出三角钱，叫我去对面的小杂货铺："买包庐山，剩下的钱归你。"庐山烟大约二毛五分钱，偶尔她会抽四毛一的壮丽，那是极少数，抽大前门的时候更是屈指可数。我为什么对她抽烟的事如此记忆犹新呢？可能是在她能有兴趣抽烟的年代，仍旧那么生龙活虎的缘故吧。人谁不希望自己的亲人永远生机盎然？当然，这是妄想。近十来年，我每次回南昌去看她的时候，她都像一只干透的虾米，蜷曲着在灶台上忙碌，热情地招呼我吃饭。她早已不抽烟了，而在还热衷抽烟的时节，她的腰曾经是挺得那么直的。

时光催人老，岁月忽晼晚！

抽完烟的外婆，会极快投入到操办晚饭的行动中去。她还有极爱的娱乐，比如看戏。我就跟着她看过很多戏。和我母亲拖酱油的路上，经常会经过电影院。如果看见想看的电影，就会事先买好票。回家后，快速料理完家务，再偷偷出门，去享受这一天中难得的愉悦。而之所以要偷偷的原因，在于外婆要瞒过外公，母亲要瞒过我。

我外公是个相当吝啬冷酷的老头，还是个醉鬼。整天骂骂咧咧的，外婆的一生，或者至少在我能亲眼目击的后半生，简直就是他的下饭菜。所以，要出去看电影，必须躲过他。至于我，年龄还那么小，母亲不带我去，说得过去吗？有一傍晚，我看见这母女俩穿戴整齐出门，就赶忙尾随在后，走到半路，她们大概也发现我跟踪，不时停下来往后看，我则即时隐没在电线杆后。她们张望一阵继续前行，我再继续尾随。我想造成这样一种既成事实：一旦到了电影院门口，再赶我就来不及了。总不能你们俩不看电影，跟我一块回去吧？给我这个小孩补张票进场，是完全做得到的。这个得失你们自己能够掂量。

事实也的确证明了，她们给我补了一张儿童票，让我得以看到那场著名的《月亮湾的笑声》。

外婆最爱的电影是越剧《红楼梦》，还有《三笑》，前者尤甚。有一个夜晚，我看见她和母亲静静站在对面一户人家的窗外，鬼鬼祟祟的。于是蹦蹦跳跳跑过去，问母亲："妈，你们站在这干什么？"母亲说："不要吵，听广播《红头梦》。""红楼梦"三个字，外婆很容易把它念成"红头梦"，她的口音也影响了我妈。我感觉很无聊，这个电影我是听说过的，因为外婆已经看过它三十遍，不知为什么还这么有瘾，深夜跑到人家窗外听录音剪辑。我正无聊地要跑开，突然听见外婆痛心疾首地说："包车走了。包车走了。"这叫声惊动了屋里人，一个人头从窗户探出来，看见外婆，好像恍然大悟，笑着说："进来听嘛！进来听嘛！"

外婆赶忙推辞："不了不了，快圆（完）了。"后来我回忆外婆那句"包车走了"，一直不明白什么意思，大概"包车"就是"宝钗"吧，我想。但宝钗能走到哪里去呢？

电视连续剧《红楼梦》开始播出的时候，我才明白，外婆的喜欢《红楼梦》，其实是叶公好龙。很明显，她根本看不懂这个复杂的电视剧，对里面千头万绪的人物关系不知所措。她所喜欢的《红楼梦》，不过是宝玉、黛玉、宝钗的三角关系，以及尤三姐自刎谢情人这样的爱情故事。当我知道她原来和外公就是姑表兄妹结婚之后，更加清楚了这一点。

抛弃了《红楼梦》的外婆，七十岁开始信奉了耶稣，每个周末，她都要去东湖边的基督教堂去参加礼拜。原先目不识丁的她，也买了一部繁体字版的竖排

《圣经》,一个字一个字地往下读。大概人的年龄大了,做人的时日愈少,离鬼的时日愈近,愈想在精神上寻找一个寄托。靠着寻找精神寄托的伟大毅力,这个七十多岁的刘媪很快自我完成了扫盲工作,甚至还能写繁体汉字,这不能不让人感叹,人类对自我生存意义的怀疑和悲哀。

然而,她这种追随上帝的虔诚之心,遭到了我那醉鬼外公的粗暴干涉。那个据说年轻时像个"书生"的醉鬼驼子,是这样辱骂外婆的:"你这个老屄,你说你的基督是在十字架上死的。方志敏也是在十字架上死的,那方志敏也是基督了。"

外婆只能无力地反驳:"我不跟你这个老东西说。你根本就不懂。我跟杰鹏说,杰鹏懂。"她把求援的目光望着我,我能怎么办?只能哭笑不得。

最近几年寒假回南昌的时候,惊奇地发现外婆家的墙上已经没有更新的耶稣受难像。后来就连以往的也不见了,也不再见外婆读《圣经》,教堂也不去。曾经试着问过一次,外婆隐约地说:"你外公不允许。"这个理由似乎不充分，因为信奉基督从来就是受外公反对的，然而她一直坚持通过《圣经》成功地进行了自我扫盲，绝不可能为此放弃信仰。也许，是衰老的外婆日渐没有精力去教堂，也没有精力应付外公的蛮横所致。

不知她临终的那一刻，是否想到了基督。如果是，那就幸福了。活在这世上，无论信奉什么，有个信仰就行了。

我对外婆的前半生是空白，只知道她很小就当作童养媳嫁给外公，经常受婆婆的打骂。后来躲避日军轰炸，在江西境内四处逃难，再后来通过引车送油挣钱糊口，一直处于劳顿之中。好在于劳顿中，她能找到自己的快乐，并生了七八个孩子。对她来说，生命大概是不算虚度的。谨以此铭结束对外婆的怀念，愿她的灵魂永远受到仁慈地母的呵护：

  产于乡鄙，饮食计粒。

  流离赣沕，奔飞斯急。

  新鼎肇造，灾荒荐集。

于彼人生，所求盖寡。

颠沛道路，宛如骒马。

红楼三笑，泪珠频下。

衰年惶恐，向彼耶稣。

半世文盲，一旦蠲除。

遭夫不造，向壁而嘘。

今魂归泉壤，

壹郁且发抒欤？

宁永归虚无。

冻　疮

不记得什么时候开始生冻疮的，总之有将近二十年的时间，都为之所苦。

小时候南昌的冬天比现在冷得多，记忆中萦绕的总是雨雪霏霏的景象。而我妈妈有洁癖，虽然家贫，无洗澡的方便，却逼着我隔三岔五地换衬衣。裸露全身本来就寒冷不胜了，何况新换的衬衣是那么的冰凉。我总是跟妈妈提条件，换衬衣可以，得给我两角钱。妈妈经常是无可奈何的就答应了，现在想起自己的这番无耻，觉得有点心凉，如此怙"脏"不悛，道德上怕是有些问题吧。

冻疮通常在冬天内的某个时候悄然而至，起先是沁骨的寒，不知不觉，就觉得关节不便；继而是麻痒，好像血液变成了棉絮；继而肿胀，由红而青紫，而溃烂，终至于不可收拾。

相比其他肉体的痛楚来说，冻疮似乎不值一提，无奈它持续时间长,整个冬天都在它的笼罩之下,生活因此相当阴郁。曾经,每天早晨,我都把肿胀的手掌泡在热水之中,然而毫无用处。它依旧肿胀,并在溃烂的道路上高歌猛进。

有一个和冻疮有关的细节,让我记忆犹新。那是小学五年级,已经是"东风吹来满眼春"了,我手背上溃烂成坑的冻疮逗留在苦寒的冬季,这让我焦急而且不安,只怕同桌的漂亮女生会对我"另眼相看"。有个晚上,我把手背用肥皂洗得干干净净,没过几天,奇迹发生了,冻疮很快结痂,脱落,痊愈,正式走进了色彩缤纷的春天。回想起这件事,我有点犹豫,不知道是不是应该怨恨妈妈:她为什么只知道逼着我换衬衣,却不强迫我洗去手背上厚积的垢甲。

冻疮带来的肉体痛苦,倒也罢了;它给予我的精神痛苦,那才罄竹难书。肿胀而青紫的手背是如此丑陋,使我在写作业时,不得不用手背压住作业本,以免让老师和同学怪讶。由于年复一年冻疮溃烂的侵蚀,我的手背疤痕累累,以致羞于被人看到,迄今仍旧保留了用手背压住纸写字的习惯。至于脚上的冻疮，也不让人省心，常常就让我恨不得削足适履。这里还有一个细节值得一提，也是小学五年级的某一天，因为脚上冻疮的肿痛，我在被窝里长吁短叹，自怜自艾，最后决定逃课。谁知决心甫下，房门吱呀一声就被推开了，我的小学同学名叫小龙的走了进来，丢下一句话："蒋老师叫你去上课。"然后扬长而去。

蒋老师的蛮横有目共睹，她教数学，虽然我的数学非常好，但她就是不喜欢我，不知道为什么。现在她派人来叫，十来岁的我哪惹得起？于是只好穿上鞋，一瘸一拐地跟在小龙后面，向学校走去。这堂课是测验，我饿着肚子，忍受着可恶的冻疮，一如既往地做出了我现在估计都做不出的数学题，其中一道二十分的附加题，全班只有我能解，这让我百思不得其解：那时的我，怎么如此聪明？另外，在如此寒冷的冬日，为什么蒋老师硬要派一个学生，走上十分钟路把我从被窝里叫出来参加数学测验，是不是求贤若渴，一定要亲眼见我一展身手方才甘心？

冻疮就这样一直死皮赖脸地伴随着我结束高中生活,大学里我开始住校,不用天天早起冒着凛冽的北风上学,它才以一种"无可奈何花落去"的落寞心态和我告别。后来到了北京,在充满暖气的屋子里,哪里还会有这厮的立足之地?它是彻底的歇菜了。

俗话说,乐极生悲。前段时间由于浸泡冷水较多,阔别十七年的冻疮似乎蠢蠢欲动,有让我领教"似曾相识燕归来"的恳切。我当然不想和它破镜重圆,于是痛下决心,再也不近冷水,庶几可以摆脱它吧!

童　年

前不久回到家乡，大年初二出去逛街，路过绳金塔，又想起童年在这条街上度过的时光，依旧有些慨然。

绳金塔的斜对面，大楼的第一层，是煌上煌的总店，南昌有名的卤制品品牌。楼上就是我外公外婆居住的地方，这个店面，也是我外公和他三个儿子的房产，按月收取租金。以往每到新年初二，我们都会跟着父母去外婆家，这天外婆的子女们都会来，算是新年的团聚。然而去年冬天，外婆已经不在了，楼上只剩行将就木的外公一人，以及他三个儿子中的某一个（在外婆死后，三个儿子就相约以日为计，轮流去照顾外公），我就觉得没劲了，没有爬上楼去探看一下的欲望。

不知这是不是我为人的凉薄，似乎也不是。因为在他们眼里，女性是算不得真正的家族成员的。我妈妈从来没在他们家族中占过一席之地,"不出代表,不纳税",我自然也不会认同他们。

外婆的观念其实也是如此,只不过,在她传统观念之外,还保留着相对较多的亲情。童年的时候,我经常是饿着肚子去上学,偶尔某个舅舅会叫住我,给我盛一碗饭,浇上一大勺带着绿油油葱花的豆腐汤,那是我至今回想起来永不可再得的美味。因为不管现在怎么做,也做不出来那种味道了。然而这种事要是被外公知道了,他必吵得沸反盈天。我只是他的外孙,除非我父母给他伙食费,否则没有理由施舍我。如果是他的孙子,我的舅母就会理直气壮地说:"他不是你们刘家人啊!"这时候外公只有闭嘴。去年我外婆病危的时候,母亲曾打电话叫我回去一趟,我心里觉得不以为然,送终的自有她的孙子,你赶去,人家还未必领情。当年我考上大学的时候,舅母曾开玩笑对舅舅说:"你们家这一代总算有人上大学了。"舅舅就不假思索地说:"他又不姓刘。"是的,这确实不一样。有人看见我怀念外婆的文章,讽刺我说

"根本对外婆没感情，只是凭着文人的多愁善感写一篇祭文而已"，在此我为自己辩解一下，我不是。

对童年的美好印象，仍旧有不少和外婆相关，看起来似乎矛盾。或许吧，人的思想常常是矛盾而丰富的，要看纯粹的人，大概只有去京剧样板戏里去找了。

早年绳金塔这条街上，外婆家的门牌叫"朝阳巷89号"，街道两旁住的全是引车卖浆的"贱民"，屋后的女主人叫桂花，男主人许久不曾露面，忽有一日突然出现了，据说是劳改释放归来，家里人都叮嘱我要小心他。他的罪名我现在还记得，叫"投机倒把"，但当时，我一直以为是"偷鸡打靶"，偷鸡好理解，打靶则莫明其妙。这家还有个老太婆，天天坐在门前高龄的老柳树下晒太阳，每到夏天，柳树垂下一缕缕的丝线，吊着虫茧。剥开后，乌黑的毛虫便会大梦初醒，舒展肉滚滚的身子，打个呵欠爬出来，非常吓人。附近一些无聊的人也会聚集在大柳树下，至于干什么，我忘记了，总之似乎也没干什么，因为每年的光景毫无变化。有时看考古发掘报告，出土的秦汉工具，和我小时候见到的普通人家的工具有何差别？从秦汉到清末，中国的物质文明又有多大的变化？或许多少有一点，但都是像蜗牛似的量变。这就是我童年时对周围环境的观感之一，七十年代末的中国就是那么死气沉沉。

那个老太婆估计不久后就死掉了。她是什么时候死的，我也不记得。这世上每天都要死去数不清的老太婆，雷同的老，记不得也不奇怪。

桂花家旁边另有一家人，屋子好像全用木板钉成，和桂花家的屋子比邻，可能是共用一堵墙。他们家的大人，我毫无印象，只记得有两个女儿，比我大个五六岁。我小姨跟她们要好，曾经带我去玩过一次，记得屋子里极黑，好像《孤星血泪》里那个郝薇香小姐住的，几乎伸手不见五指。也许她们曾有开灯的时候，那就是另外一回事了。只有一点可以保证，她们的木屋绝对毫无欧洲童话色彩，木屋的地基下是片池塘，池水离地基有两三米高，坡度稍微有点陡。

好在坡上没有扔满白色的塑料袋，这让我回忆中仍有一丝温馨。

沿着这个池塘过去，还有一片片棋盘似的池塘，那时的南昌真是水乡。池塘边的片片菜地，被一条条沟壑隔开，菜地中也略有几棵大树，充满了田园色彩。这地方现在可是闹市区啊！

刚才提到小姨了，现在就开始浓墨重彩地说她。

小姨大概比我大不了几岁，具体年龄不清楚，因为我懒得打电话考证。只记得我上一年级的时候，她上五年级。我第一天上学，还是她带着去学校的呢。按理她只比我大四岁，不过她留过级，所以或者是大五六岁。小时候，只有她经常带我去电影院，但具体看过几场电影，却是毫无印象了。现在回想起来真的纳闷，那时小姨没工作，也没什么钱，怎么能带我看电影？也许仅仅是去电影院看海报望梅止渴吧。印象中曾和她一起在人民电影院，望着《怒潮》的大海报发呆；还有一次，是在工人文化宫的售票处，望着《六盘山》和《路漫漫》的张贴画发呆。但是，慢着,有一次在东方红电影院,确实和她一起看《红珊瑚》,还在江西影剧院看过《奇袭》,在公交公司礼堂看过《画皮》……记忆真是像流水一样,越流越顺畅。

最有记忆的一件事,是关于《闪闪的红星》。这部电影上映时,我还没到上学的年龄,经常在路边看到一队队小学生,脖子上缠着红领巾,手牵着手向电影院走去,留下一路的叽叽喳喳,着实兴奋,把站在马路边的我羡慕死了!不过好像我最终还是在小姨的带领下,去看了这场电影。其实那时太小,电影内容毫无印象,只记得最后一幕,那个主角小孩潘冬子在一个胖乎乎的中年人身上浇上汽油,打上火,那胖子登时从床上弹了起来,发出杀猪般的嚎叫,我们的小英雄反锁上门,且战且退,满脸革命地看着他活活烧死。要知道那胖子开始是睡着了,毫无知觉的。我当时心里很有些害怕,做了好几天噩梦。现在有学者说,不该让儿童看仇恨和暴力电影,就我的切身体会来说,是有道理的。

不过潘冬子确实是那时候儿童的偶像,小姨有一天竟然用菜刀给我砍制了一柄木头步枪,缠上几条红布,让我背在身上到"猪屎"里去巡走。所谓猪屎,并非猪的大便,其实是猪市,专门卖猪的地方,但南昌人把"市"字念上声,和"屎"的读音完全一样,可能是保留了古音。在《广韵》里,"市"确实是上声字。

猪市就在今天的煌上煌所在的位置,向南一直延伸到绳金塔那条小巷。今年过年去的时候,发现当街已经竖了一个大牌坊,正儿八经的,很没意思。当时的猪市,是何等的具有市井气息啊!我想,要是刘邦的老爸来这,一定会喜欢得不行:劣质的柏油马路两旁,竖着木质或者水泥的电线杆,木头斑驳陆离,且腐且朽;水泥则钢筋裸露,瘦骨嶙峋,顶上挂着昏黄的一盏破灯,灯罩锈迹斑斑,仿佛摔烂的搪瓷碟了。电线杆下,排满了木栅栏的笼子,散发着浓烈的猪粪味。一群群狡黠的猪贩子,和一群群爱好养猪的农民,进行着一轮轮热火朝天的价格战。间或有猪贩子骗术得手了，则喜滋滋地向同行炫耀："又杀了一只猴子（南昌话指容易受骗的傻瓜）。"正是因为如此热闹，小姨才会带我去那里游逛，展示我的潘冬子造型啊！

　　我和小姨的感情因为电影一向很深厚，后来外公家买了电视机，就不怎么去看电影了，每天晚上她都搬个小凳子，侧坐在电视机旁。她书读得不多，小学毕业吧，但眼睛却不好，近视，必须坐很近才能看清。那个时候电视只一个频道，电视剧都是单集的，记得有一个不知是讲蒙古还是满族王公的片子，姜黎黎主演的，里面的仆役回答命令时都叉手说"喳"，是我了解清廷礼节之始；再有就是播老电影，比如《红牡丹》《白蛇传》什么的，毕竟电视剧数量太少，不像现在每年出产无数，大部分没有播映的机会。最有印象的是有一次播南斯拉夫电视连续剧《黑名单上的人》，讲二战时南斯拉夫地下组织抗击德国的，剧情不算惊险，偶尔才有你追杀我我追杀你的场面，比《加里森敢死队》差很远。但我当时最惊讶的是，随着故事的发展，那些南斯拉夫地下党员一个个被盖世太保们捕杀殆尽，怎么回事？英雄应该是无敌的，敌人应该是愚蠢无能的，怎么会反过来呢？国产电影里，我们英勇的战士们就不是这样，于是对南斯拉夫地下党们颇有一些鄙视。

小姨几乎天天和我讨论这个电视剧，但有一天她突然不见了，再也不在适当的时间坐在电视机旁了，那个她专用的小凳子孤零零地躺在角落里，我也觉得很失落。因为她谈了一个男朋友。

她那个男朋友长得很帅，天天骑一辆飞鱼自行车风驰电掣地跑到朝阳巷，将小姨接走。他没有正式职业，在江西电机厂打工，可能是做包工头，手头颇为宽裕。就这么过了几年，不知什么原因，被解聘了，脾气开始变坏，开始靠偷偷摸摸过活。外公曾说看见他被一伙苦主抓住狠揍，"我脸都没地方搁哎！"他用他特有的南昌县方言慨叹。

可是不偷又能怎么办？后来我听说他"工作"方式渐趋稳定，和几个志同道合的朋友专门下乡，去农村偷凤凰（鸡）为生。记得我上高中的某一天，骑车在城南郊区的某条路上看见他，想打一声招呼，他却把脸撇过去，装作不认识。回去后告诉妈妈，妈妈说，他可能是怕连累你吧，要是被某个丢了鸡的村民知道他认识你，会连你一起打。好在那时小姨已经和他离婚了，是被迫的。因为那家伙虽然没有体面的工作，却很花心，饶是如此，我感觉小姨一直忘不了他，他们总共生了三个孩子，存活了两个，平均分配，一人一个。小姨从小就对自己带的这个孩子灌输仇恨教育，该童还小的时候，我有时逗他玩："你哥哥呢？"他就奶声奶气地回答："驼路皮带走了。"南昌方言"驼"是"被"的意思；"路皮"则是南昌骂人的话，不知道该怎么写，我猜想大概相当于古书上的"罢露"。《韩非子·亡征》："罢露百姓，煎靡货财者，可亡也。"王先慎《集解》："露当作潞，羸也。"古代一个词可以颠倒顺序，"路皮"可以读为"露罢"，也就是羸弱无依，类似于饿殍，可见南昌话之雅，竟可以追溯到先秦。这种骂人的话，显然是他妈妈教的。对一个人很在乎,才会有仇恨。鲁迅说,最大的轻蔑就是眼睛都不睬敌手一下,但弱者多半不会有这涵养。

童年的最大记忆,还和太阿公有关。阿公,是我们这里对外公的称呼,太阿公,就是太外公了,也就是我妈妈的爷爷。太阿公崩于1976年,那时我不过五岁,然而脑中有关他的画面真不少。小时候南昌冬天极其冷,经常大雪纷飞,一旦雪霁天晴,他就搬把交椅,坐在温暖的阳光下,老眼混浊地盯着地上汩汩的雪水发呆。他穿得很臃肿,灰不溜秋的,像截枯干的老树桩,活着简直就是一种惯性,好像坏了刹车,他自己也控制不住。间或有人路过,问候他一声:"你老人家还蛮糟健(健康)啊!"他就抬起头:"活一日算一日哦!"或有人会指着我问:"这是你的孙子啊?"他就笑笑:"圆(玄)外孙哦!"能活着看见自己的第四代,大概会由衷有一点自豪吧。在中国这块土地上,绝大多数人是以繁殖能力作为自己的成就和慰藉的。反正其他方面比不过欧美,繁殖能力总是天赋平等。于是，不管是富的还是穷的，都乐此不疲地疯狂繁殖，如同老鼠，想起这些，就让我觉得不寒而栗。

每当谈起中国人为什么这么喜欢生男孩，就有一些人振振有词地说："养儿防老。"我一直觉得这是猪狗的思维。殊不知真正穷苦的人家，儿女是完全靠不住的。我虽然很讨厌韩非，却对他剖析人性的深刻眼光极为崇敬。他说："丰年的时候，讨饭的人上门，你也会给他一碗白花花的米饭；碰上饥馑，就算是亲爹亲妈，想分一碗稀粥都不可能。"在中国这种几千年来一直专制黑暗的国度，不管是盛世还是乱世，下层百姓的生活水平其实没有什么太大的不同。再伟大的盛世，物质产品再丰富，也不过是王侯将相们的丰富罢了。比如，在清史上号称繁荣得不得了的康乾盛世，在当时人唐甄眼中的下层百姓却是衣不蔽体，食不果腹。所以，要穷困的百姓遵循统治阶级的所谓"孝"，简直是天方夜谭。我看瞿同祖的《中国法律与中国社会》的时候，曾经很吃了一惊，原来古代法律对"不孝"的惩罚竟然是那么苛刻而残酷的，而看《聊斋志异》，凶悍的儿媳竟然那么多，丝毫不见有对法律的畏惧。后来才知道，法律是法律，一张纸而已，只要不危及统治者的利益，无关政治，一切都不会较真。百姓的"不孝"，并非说人性本来很坏，而是垃圾般的制度和社会，把人逼成了豺狼。太外公的遭遇就是极好的例子。

他死的时候，大约八十六岁，也就是说，我生下来的时候，他已经八十一岁了。据说他年轻时很强壮，六十多岁的时候，还把我外公追打得满园乱跑。然而盛年不永，好日子终究到头了。到了八十多岁，老态龙钟，谁也不会买他的账。有一次吃饭，他用筷子在一碗豆腐里乱搅，找豆腐吃。我的小舅看不下去了，突然一把抢过那只豆腐碗，啪的一声摔在他的面前，嘴里骂道："老棺材，吃你的筷子水！"豆腐渣四溅，射在他脸上，星星点点，使他看上去宛若老年小丑。他惊呆了，没想到自己的孙子会这样对他，一刹那间热泪盈眶，一串串呼天控诉从他嘴里抖抖索索地出来，但显得那么无力。

　　还有一件我也记忆犹新。我们当时住的都是平房，没有像今天一样的卫生设备，要排泄，只能去公共厕所。每天清晨我上学时，都会看见旁边的公厕排着长长的队伍，好像在掀起一轮抢购的热潮。这个公厕有十多个蹲坑，却满足不了人民群众的需要。在早晨的高峰时期，经常你一走进去，就能发现很多人蹲在水泥小便池的边缘上畅快地拉着大便，像渔船上排列整齐的鸬鹚。渔民看在眼里，估计会十分喜欢，恨不能把他们全赶下粪池去抓鱼。太外公年老力衰，蹲不了这样的厕所，只好在自己的房间里放着一只木桶，关起门来，自由自在地屎尿俱下。但他的屋子由此气味特别不好，加上靠窗搁着一副棺材，我特别害怕，不是万不得已，是不会进入他房间的。然而有一天他来央求我了，本来我应该绘声绘色写出我们之间的对话，一个八十五岁，一个四岁，可是那对话我实在一句都不记得。总之，他央求我的目的，是要我帮助他抬尿桶，到附近公厕中去倒掉。我想，一个这么大年纪的人，对自己的玄孙辈提出这样的要求，实在是万不得已吧！

于是找来一根扁担，我们一人一头，但是有个麻烦，因为他身材高我太多，尿桶直往我那边滑去。他只好躬着已经很佝偻的身躯，在我的协助下，一步一步地将这桶满满的屎尿倒进了厕所粪池。

连一个尿桶都没人帮倒，还侈谈什么防老？简直好笑。这样的事，我帮太外公做过无数次，每次都因为积累得太满，把我稚嫩的肩膀压得生痛。之后不久他似乎就病倒了，再也没有起来。当他卧床的时候，曾经嘱咐我们去帮他挖草药，他说的那种草药，是我平生唯一认识的，叫金钱草。他是个中医，据说治好了不少人的病。我现在丝毫不相信中医，只能姑妄听之。至少他自己的医术没有救活自己，就是明证。

曾经听爸爸说，在太外公卧病期间，有一天，他听见太外公叫："我要喝水。"爸爸赶忙倒了一杯水，准备端进去，却被大舅阻止了："不要给他喝，他现在病得不能动，喝了就要赖尿（南昌话：尿失禁），到时你帮他洗被子啰？"母亲补充了一个生龙活虎的场面，说太外公死的那天早上，还在床上捉虼蚤。他的房间又潮又湿，被子毯子也经久不洗，又潮又湿，吸引了无数虼蚤，大概是可以想见的事。古书上"早晨"的"早"，经常用"跳蚤"的"蚤"来通假，有一个古人的解释是：人们经常在早上起床的时候开始捉跳蚤，所以就将"跳蚤"的"蚤"，代替"早上"的"早"来用。这应该是胡说吧，但是太外公如果听到这番高论，或许会赞同。

虼蚤没捉完，太外公就躺在床上不动了。随着外婆的哭声，我和小姨开始迈上了奔走相告的路途。古书上把这称之为"赴告"，实在很形象。后来写成"讣告"，神韵全失。我还记得小姨走到三太公家里报告这个消息时的场景。三太公，就是太外公的三弟，他有一子一女。儿子繁殖能力很强，生了五个女儿后，终于等到了一个儿子，也因此一穷二白。小姨走进他们破旧的院子，还没说话就哭了出来。我猜测，这不一定说明她对太外公有多深的感情，而是民间伦理的要求使然，在赴告丧讯的时候，不哭是不好的。她带着哭腔说："太公——逝世了！"也真难为她，憋到嘴边，竟然想出了"逝世"这么一个高贵的词，小姨估计是从收音机里学到这个词的。她学习能力还真是挺强，那时她还不大，顶多念小学三年级，可是彼时在我印象中，她似乎已经是个大人。我念一年级的时候，总觉得五年级的人都大得应该婚配了。

入殓的时候，据妈妈说，太外公还流了眼泪。我惊奇地打断她："不可能，人都断气了，哪里会流眼泪。"妈妈说："他只是人死了，心还没有死。他不想死，所以会流眼泪。"算了，跟我妈妈这样的文盲扯科学，是扯不清的。我没有再问下去。

太外公死了很久，还不时有人来找他。我前面说过，他是个民间郎中，擅长针灸，但和寻常的针灸又不一样。我小时候耳濡目染，看得多了，常常是这么一幕场景：他让求医者扎起裤脚，露出全部小腿，小半截大腿，面朝墙壁站着，然后他掏出一根钢笔,旋开盖子,原来里面是空心的,装着一缕粗细不等的针,他选定一根最粗的,瞄准求医者的小腿一通猛扎。现在回想起来,眼中还恍惚看见一条条粗细不同鲜血淋漓的黑腿。扎完,他用香烟盒子纸将血擦干净,让病人放下裤脚走路。这就算治完了。我想,他的针灸或许真的有些用,要不然怎么会不断有人来求他扎呢,又不是受虐狂。而且时不时有人上门,给他送点心,说是治愈后的感谢。他还有一个干女儿,据说是本来已经死了,被他用针扎得起死回生的。我一向讨厌中医,也不信中医,但是回忆起这些事来,又让我感到迷茫,不知道怎么评价才好。

他埋葬后有几年,坟地被征用修公路,于是开棺,骨头被捡在一个青花瓷坛内带了回来,暂时搁在一间空置的房间里。我素来胆小,从此那个房间再也不敢进去,而且也同情那个瓷坛,如此倒霉,没福气装瓜子花生,竟被派上了这样一种用场。但是我爸爸丝毫不怕,那时他在郊区学校教书,不常来城里,每次来,都把自行车推进那个房间。有一次,我大舅鬼头鬼脑地问他:"姐夫,你不怕啊?那里面有骨灰坛哎!"爸爸笑道:"这怕什么,都死了这么多年了。"我爸爸胆子很大,一个人敢在坟冢间走夜路。"除了新坟心里有点慌,其他没什么感觉。"他自吹。大舅听了他的话,摇摇头,自言自语地说:"胆子比熊胆还大。"无趣地走开了。

三个舅舅中,我对这个大舅奇妙地有一种心灵上的亲近感。南昌俗话说:"外甥多像舅。"或者原因就在于此吧。我也是个非常胆小的人,一直到现在都是如此,要是到一个陌生的房间过夜,我连灯都不敢关。时常庆幸,我生活在二十一世纪,生活在西方文明之光的照耀下,要是像古代那样没有电灯,岂不是要吓死人?大舅的这种胆小,我实在是感同身受。愈是怕鬼的人,愈是喜欢听鬼故事,看恐怖电影。记得那时看过一场叫《画皮》的电影后,大舅经常绘声绘色地提到鬼的样子,还编了几句顺口溜来描述,我记忆犹新:

青面獠牙

披头散发

张牙舞爪

一身癞蛤蟆

写到这里，我有点想笑。

大舅还非常爱干净，我外公年轻时候是皮鞋厂的经理，后来碰上三年饥荒，做经理吃不饱，干脆回乡务农。但是家里还保存了很多皮鞋，乱七八糟堆在床底下。大舅横看竖看，都觉得那些皮鞋不顺眼。某一天，在外公出门的时候，他偷偷把那些皮鞋捆好，挑了一担，找个僻静地方挖坑埋掉了，气得外公破口大骂："你这个现世宝，现世哦！挣又挣不到，糟蹋东西却一广（一广：南昌话，一身的意思）的劲。"大舅是很懒，除了每天去公交公司上班，基本上什么都不干，而且他羞涩，内向，工作了一辈子，似乎连一个好朋友都没有，总之从不见他带人回来玩。他甚至懒得上外面的公厕，有时尿急，就跑到厨房，对着搅拌煤炭屑的铁锅一阵猛射，还美其名曰可以省了搅拌用水。听上去似乎挺节约,但是每次晚上封煤炉时就倒霉了,饱浸尿液的煤炭泥糊到炉口上,很快散发出一阵氤氲的骚味,让人想退避三舍,却又无所逃于天地之间。

但是大舅对我倒是挺好,他也经常带我看电影,我记得他带我去百花洲电影院看过《济南战役》、工人文化宫看过《奇迹会发生吗?》,还在胜利电影院看过一场黑白的美国片,内容忘了,只记得刚开始的一个镜头,一个人睡在床上,被凌空而下的一壶水全部倒进了嘴里,估计是个喜剧片。看这部外国片之前,他还带我去附近的知青书店买了一本《三国演义》的连环画,名字大概是《天水关》,后来我带着去街边的小人书摊上租书看时,被摊主瞥见,硬要我卖给他。原来这种连环画很抢手,买晚了根本买不到。这些事情都好像发生在昨天。

不过最有趣的是大舅很爱工艺品。有一次我妈妈买了一个玻璃花瓶,被他看上了。他趁我妈妈出去拖酱油车,撬开我家的门锁,把那个花瓶偷走了。我妈妈也怪，那天走在路上一直心神不定，预感到大舅会偷那个花瓶，于是在车路过家门口时特意停下，进屋察看。结果是我外婆呼天抢地，要大舅把花瓶还给我妈妈，大舅不肯，只肯给我妈妈钱，要求把花瓶买下。我妈妈也没办法，只能答应。孰料过了几周，大舅又觉得那个花瓶样子也一般，把它还给妈妈，钱也不要退。"他有神经（病）！"妈妈说起这事，总要这样评价大舅。也确实，类似的事情，大舅还真不少干。这样的一个性情中人，让我想起了《世说新语》里雪夜访戴的王子猷，不过在王子猷，算是韵事；在我大舅，就是神经，这世界很不公平。我想，要是大舅出生在王谢这样的书香门第，可能会成为一个名士，上《世说新语》的吧！

以上就是一刹那间涌到脑海里的童年记忆，剩下的当然还有不少，但将来想到时，再一一补充吧。总之，一部长篇小说绝对承载不下。

看电影

曾经,看电影是我无上的爱好。然而,它又何尝不是普罗大众曾经的无上爱好。

记忆中有一个大雪纷飞的夜晚,妈妈和小姨带着我去看《洪湖赤卫队》,十点多的夜场,电影院里楼上楼下竟座无虚席,宛如春季。还曾听说,新开张的江西影剧院放映黑白电影《家》,竟然因为拥挤踩死了十几人。对看电影,那时的人是何等疯狂。

还有个有趣的记忆,大姨恋爱的时候,她的男朋友小柳搞来了一把电影票,邀请我们全家去人民广场的工人文化宫看电影,但结果让人无比失望。那大概是粉碎"四人帮"之后不久,我坐在那,只朦胧记得银幕上一个接一个的老人鱼贯而上,个个穿着笔挺的中山装,双手将一个大信封样的东西,投进一个差不多及胸高的木箱子里,脸上乐呵呵的。后来我才知道那叫"选票"。他们一个接一个地投,起初我还以为，他们总会投完，接下来就会放好看的打仗的电影，却没想到他们根本没有停下来的意思，整晚都是一样走不完的人，投不完的信封，我终于乏味地睡着了。朦胧苏醒后，发现自己已经趴在一个舅舅的肩上，一会高一会低地在井冈山大道上移动。突然面前驶过一辆小卡车，车斗上堆着满满的冷冻猪肉，每一块是猪的二分之一。我瞥见有一块啪的一声掉到了马路上，小卡车浑然不觉，喷着黑烟扬长而去。小柳惊叫了一声："半边猪跌下来了，去捡哦。"

但是人群已经蜂拥而上，把那块猪肉掉下的地方围了个水泄不通。小柳失望地说："抢不到了，好厚的人耶！"一家人继续往家走。

第二天，全家人都嘲笑小柳，让大家欢天喜地去电影院看一个政治宣传片，实在无聊之极。看见半扇猪掉下来车，也没抢到，更加不平衡。可是现在想来，也不能怪小柳，谁叫大家那么疯狂地爱看电影，一听见有电影看，连片名都不问呢？

有些电影虽然有情节，可是比看宣传片来，好不了多少，只怕还更有害身心。有一次爸爸带来两张电影票，说是学校发给老师看的，有个老师不看，送给他了。但他也不想去，因为看过好几次。小舅倒是有兴致，兴冲冲骑着爸爸的自行车带我去看，在江西影剧院，也是黑白片，名字叫《桃李劫》。内容讲的是民国时一对相恋的大学生，对前途满怀憧憬，毕业工作后，不知什么原因都失业了，男的被迫去干劳工，印象中银幕上的他，满面尘灰烟火色，一头乱发十指黑。挣的微薄薪水仍旧养不活老婆，生了一个孩子，根本养不起，像做特务一样，偷偷塞进了育婴堂。最后女的生了重病，好像是没钱治身亡；男的偷钱给女的治病，被捉住枪毙了。全剧情调灰暗，十分压抑，让我充满了对旧社会的仇恨。一对大学生，受过高等教育竟然失业，沦落得猪狗不如，蒋光头真是治国无方，"剿匪"不力啊。这样的一部恐怖电影，我当时竟也能看下去，除了怪自己对电影过于痴狂，又怪谁来？

　　类似的疯狂，在记忆中还可以如数家珍，我曾为了看《三十九级台阶》，在电影院前徘徊一天，因为买不到平价票，又买不起黄牛票。为了看一场短小的动画片，小姨曾经带着我在大雨滂沱的下午走上几公里的路，向百花洲电影院进发。不过，没有一个记忆能有我下面说的这件事疯狂，它让我回想起来自己也觉得不可思议：我曾经竟是那样的一个孩子，可以称得上恬不知耻。

那是小学四年级的一天，我经过公交公司门口，发现极为热闹，大概是进行电影展之类的活动。我走近一看，又惊又喜，原来这几天下午要放连场新电影，票价只需平常的一半。我的心蠢蠢欲动了，因为口袋里的钱正好能买票。但是下午要上课，怎么办？我踌躇了好一会，竟然还是掏钱买了票。然后心头忐忑去了学校，向几个同学报告了此事。他们唯恐天下不乱，推着我去老师办公室，鼓励我向蒋老师请假。喧哗声惊动了蒋老师，她威严地问："你们在这吵什么？"

我只好扭扭捏捏踱到她身边，鼓足勇气告诉她，下午我想请假，因为要看电影。她像看外星人一样看着我，好一会才清醒过来，破口大骂："什么，看电影？为了看电影不上课？世上还有你这样的学生？八辈子都没听说过，闻所未闻。"她劈头盖脸骂了一阵，然后挥手叫我滚回教室，"这种事你怎么提得出口。"她对着我的背影补充道。

我灰溜溜地回到教室，心潮起伏。同学们都在一旁起哄，我没理他们，对电影的渴望远超过蒋老师对我的威胁，电影开场的时间一秒一秒的临近了，我既不能割舍对电影的热爱，也不甘心浪费买票的宝贵零花钱。最终，我果断收拾起书包，一溜烟跑出了学校。在电影院闪烁的黑暗中，我如痴如醉度过了快乐的一个下午。直到曲终人散，我走出影院，想起可怕的后果，悲凉之雾这才将全身笼罩。我感觉自己像一条网中的小鱼。

第二天，如我所料，蒋老师将我逐出教室，要我叫家长来。结局也不神秘，我挨了爸爸一顿毒打。至今回想起来，我都不明白为什么为了看电影，竟会那样鲜廉寡耻地去向老师请假。

按说一顿毒打应该给我留下深刻的记忆，使我幡然醒悟，改过自新。但我似乎没有。五年级的时候，外公家买了电视机，一个周日，电视里预告早上要播《哪吒闹海》，这让我愁肠百结。因为那时的老师似乎特别敬业乐业，周末还要给我们补课。而周日正是蒋老师的数学课，那天早上，我犹豫再三，《哪吒闹海》的诱惑最终战胜了蒋老师的"淫威"。我没有去补课，而是躲在舅舅的房间里，和邻居小孩如醉如痴地坐在电视机前，看着五颜六色的哪吒和同样五颜六色的龙王们恶斗（虽然是黑白电视，并不妨碍我们对颜色的感知），等到屏幕上出现"再见"两个字，我才又开始呆若木鸡，惊恐不已，不知道第二天怎么去应付"穷凶极恶"的蒋老师。这次的结果自然又是叫家长去，再挨了一顿毒打。

如果我写的这篇是政论文，我应该在这里曲终而奏雅："嗟夫！欲之为害大矣哉，观余慕电影之痴狂，庶可知矣。"然而，我不是那么具有大抱负的知识分子，只是怀疑，大概我那时候确实有一点性格缺陷吧！

打老婆的小柳

有一天晚上，舅舅们突然说，吃了饭去工人文化宫看电影。这是一件让人兴奋的事，而且突然宣布，更是喜上加喜。但这不是舅舅们的功劳，因为电影票是小柳临时带来的。

小柳长得獐头鼠目，不过这并没有妨碍他把我大姨娶走，因为他是个工人。

大姨幸福地成了工人小柳的老婆，不过没有房子，暂时租住在外公所在的村里。我去过那间房子，是一间院子里搭的违章建筑，要换到现在，一定会有城管上门收贿赂，但那时大家的经济意识还没这么强。我看见大姨满面尘灰，弯着腰站在门口烧饭，用的是一口煤油炉，很让我觉得新鲜。我仔细蹲着看了一会，又跑到旁边的菜地里去玩了。旁边的菜地很多，大姨就近上工比较方便。虽然小柳上班，还得骑车走几公里路。

在大姨结婚后，外公就经常去找小柳谈话，请小柳不要打大姨。他说："我屋里爱珍是农村户口，你开始又不是不晓得，那哪个骗了你啊？你也不过是只普通工人，有什么了不起哦？爱珍如果不是农村户口，不一定会嫁你哦。"

小柳就闷着头不说话，三句才答一句："上一日班回来，累得死，开水都没一口。不打不得乖哦，哪家的女人不挨打？"

外公这下发怒了："我吐痰给你洗脸哎，你老婆坐在屋里吃你的？你一个小工人，那点工资养得起老婆？要是养得起，你老婆要是不拿饭给你端到床上，我都会帮你打哦。你有本事，还租房子住？你怎么不叫工厂分你一套房子？"

小柳是个很有修养的人，他不跟老丈人正面冲突，答应会改。

大姨长得高高大大，白白净净，跟我的矮子鬼妈妈相比，她真的很像个知识分子，就是缺个眼镜，还喜欢抹雪花膏。我妈妈有一次背地议论："爱珍啊，她好抠的,参加工作后,一分钱都不交,偷偷存起来当嫁妆,她才会活命哦。"我爸爸在旁听到,就插一句:"哪个女人不这样嘛?都跟你这样,带着一队红卫兵去家里挖金子,那不要完蛋?"妈妈讪讪地说:"我那时又不懂事,响应毛主席号召嘛……"铁公鸡爸爸一点不留情面,咬牙切齿地说:"人家都不响应,就你响应,傻绝了灭。"

有一天傍晚,又听见外公在院子里骂:"有什么了不起哦,屋里也是乡下的,比我们还乡。老子种菜的,总比他屋里种田的好。"妈妈给我做了笺注:"爱珍又被小柳打了。"我睁大天真无邪的眼睛看着她:"为什么要打?"我爸爸在一旁接嘴:"肯定有原因,你们刘家生女儿,就是为了嫁出去害人的。"妈妈怒了:"我怎么害人了?你好了不起,一个民办教师,双抢时还要下田,农哥哥,说得出去,你还配不上老子。"爸爸说:"老子要不是民办教师,还会找你?一个尽料的扇头(傻瓜)。你屋里爱珍肯定也是这样,你没听她房东说啊,'好别有人谋,臭别挂上楼',你以为有几了不起哦。"

这里需要打断叙事节奏解释一下。爸爸用的是人民群众嘴里活生生的语言,还押韵。我们那里把女性的生殖器读成"别"。这句谚语是一种借代的修辞手法,尽管有些不堪入耳,但不可否认它浓郁的文学性。它的意思是:好的女人大家都想谋求,差的女人挂上楼也无人问津。

咱们继续。妈妈听了这句侮辱女性的谚语,倒也没显出丝毫不适,她只是提出一个细节上的反驳:"我屋里爱珍会差啊?配不上他高小柳啊?又矮又丑,一节冬瓜。"

爸爸说:"可人家是工人,吃商品粮,找了个农村户口的,心里能不委屈?"

妈妈说:"那节矮冬瓜,找得到工人还会找我家爱珍?"她到底还是承认小柳的优势。

初中的时候,有一天放学,我经过村办塑料厂,看见白嫩的大姨坐在塑料厂门口,认真细致地剪塑料瓶盖子。我走过去"哎"了一声,算是打招呼。我从小就不会叫人，连我爸爸都不叫，还给他取了绰号。有人可能会觉得，这样太变态了。可是，想起我舅舅称自己的爸爸为阎王，难道还不足以明白一切吗？

我蹲在地上，跟她说了两句话，感觉一阵亲情的温馨。但没料到，这是最后一次看见农村户口的大姨，不久后，她因为村里卖地招工，成了铁路系统的工人。从那时起，我再也没听到老公打她的消息。

苜 蓿

初中时,家从绳金塔搬到了城南的乡下。每天上下学,须经过一条煤渣路,不通公共汽车,大概有三里长。路两旁种着郁郁葱葱的灌木,灌木之外则是一望无际的水稻田,和此起彼伏的坟冢和池塘。最讨厌的则是还有几座不知年纪的坟冢,就坐落在煤渣路边,像斯芬克斯雕像,阴森森地望着路人。每当经过这里,我就要前后观望,期盼能遇到一个同行者,但结果往往是失望。我只好发足狂奔,飞驰过那几座坟墓,老远才停下来,弯下腰大口喘气。现在脑海中回放起那个画面,仍觉得特别阴郁,像嵌着一幅俄罗斯油画。

上大学后,一个春天的上午,我下了公交车,沿着它一路走回去,突然发觉景象有了很大改观。当时正是骤雨初歇,春阳甫现,路两旁的绿,可以用姜夔的词句"万绿正迷人"来形容。两边的稻田里,一望无际都是碧绿的夹杂着紫红色小花的紫云英，乡下人称之为红花草。我那个有两滴墨水的爸爸则告诉我，那叫苜蓿。

苜蓿，从韵部来看，是个古老的联绵词。这么一来，欲知道它得名缘由的想法只好破产。博学的罗常培先生说，这是一个来自伊朗语的词，我却是不信。反正据《汉书》里讲，它是汉武帝时才从西域引进的，专门作喂马的饲料。可是我们南方并没有马，它就只好用来肥田。等长到一定高度，再用犁把它犁倒，和泥水相混，肥汁四溢，可以帮助稻子长得又高又壮。可惜了这么美丽的一种植物，柔靡嫩绿的铺满了水田，远望像一张毯子，上面点缀的紫红花则像毯子上的花纹。中学的时候，我经常折一根刚抽芽的柳枝，沿着田埂游走，同时挥动柳枝抽打它，啪啪的响声之后，嫩绿的苜蓿地上，现出一道一道的深痕，立竿见影，于是心里莫名地感到快意。

上高中的时候，家里经济困难，这种红花草突然成为饭桌上必备的菜肴。那时我十六七岁，大概正在长身体，总是感到饥肠辘辘，吃饭没别的菜，大多只有母亲炒的这盘苜蓿。做法是掐掉叶子，只剩下碧绿的梗，看上去色香味俱全，吃到嘴里，味道似乎也不差。我常常就着它大口大口吞咽下两碗米饭，然后去油灯下看书，可是不到睡觉时间，肚子又饿了。母亲说，苜蓿虽然看着很水灵，却毕竟是肥田的草料，没有多少营养。现在回想起这些，不免由衷地感叹生存之艰难，又感觉母亲的不易，那时她老是默默地看着我大口大口地吃饭，大概是心中有着浓重的歉意吧！

我的母亲并不是一个懒人，而是每天都起早贪黑地工作，手脚从来不闲的，却为什么混到只能看着心爱的儿子吃苜蓿却毫无办法的地步？为什么她空有满腔母爱，和一双巧手，却只能把全部心力倾注在一盘苜蓿上，只能把这盘苜蓿当成他儿子唯一下饭的菜肴？

也许中国人都不该繁殖的，因为他们繁殖得再多，大多也不过像骡马一样，是吃苜蓿的命。

端　午

南昌人的口头禅是"一年三节",也就是春节、端午节、中秋节,我妈妈也只在这三个节日给外公送礼,一般是两瓶酒,一条烟。酒开始是"三花",后来涨到"四特";香烟开始是"壮丽",后来涨到"大前门"。有一次妈妈手头紧,左思右想,用"四特"搭配"壮丽"送给外公,却被外公爽快地将烟丢到了马路上。妈妈只好含泪上去捡起烟,去商店换了一条大前门,外公才笑纳了。

虽然有这样不愉快的事垫底,意味着节日注定不会是一股脑的暖色,但过节仍然是我童年时最强烈的记忆,不说那花团锦簇的春节,单说端午,想起来就很有趣。

首先是粽子。关于这个,脑中一直有个极模糊的画面,那时我才两三岁,和小舅舅一起睡在堂屋里,头顶是蚊帐,支撑蚊帐的竹竿上就挂着一串串的粽子。小舅舅时不时摘一个下来，吃饱了就来逗我，指着我的下面说："这是做什么的？"我说："撒尿的。"他说："不对，是做种的。"后来他再每次问我，我都很流利地回答："做种的。"他就夸我聪明。至于做种是什么，我完全不知道。之所以描绘这个画面，只在于它和粽子的形象纠缠不清。为什么小舅要不厌其烦地问我那句话，我现在也很理解。繁殖是中国人的本能，至于繁殖来干什么，他们是不思考的。我那时宁愿他教给我的答案是"娱乐的"，是啊，娱乐，自己娱乐完，死了就算了，何必将痛苦传承下去？

　　写得走题了。南昌的端午，最有名的是一个杠蛋的习俗。"杠"是个方言词，本字该怎么写，我也不知道，就是拿煮熟的蛋互相碰。在端午节的前几天，家家户户就忙着将蛋染红。后来读《荆楚岁时记》，才知道这是南北朝时就盛行的风俗，不过多在寒食节和清明节时。很多民俗学家认为，这种斗鸡蛋的习俗早已消亡了，殊不知却保留在我们南昌。为什么会这样,我也不知道。可能寒食节在古代太隆重,玩的花样太多,所以需要把一些迁移到端午来吧。又或者反正是玩,也没必要区分得那么清楚。张先的一首写寒食节的《木兰花》词里,劈头一句就是"龙头舴艋吴儿竞",讲赛龙舟的,但我们多认为它是端午的玩法。

不掉书袋了。总之节日那天一早,我用一个巴掌大的五颜六色的网兜,兜着一个全身涂成粉红的蛋,挂在胸前。并非为了吃,只是为了一种气氛。两手沾着蛋壳的红走出来,心里莫名的有点喜滋滋的。

背着书包上学去了,除了带着那个涂朱的硕大鸭蛋,我兜里还装了一个比鸽蛋大不了多少的鸡蛋,跑去邀邻居旺明上学。旺明个子很大,说话的时候,涎水总是如影随形,滴滴答答流出嘴角。他是个著名的留级生,在五年级徘徊了三四年之久,似乎五年级是个学位,需要花上足够的时间去攻读。见我上门,他拿出一个红蛋,爽快地答应了我的挑战。我先掏出不起眼的那个小鸡蛋,蛋壳上长满了麻子的，猛地朝他的蛋砸去，当即傻了眼，我的蛋被碰得粉碎。旺明得意地大笑起来，涎水又急速奔涌而出，垂了一尺长，像条虾须。原来这厮用的是个木头蛋，因为涂了红，我没看清楚上面的木纹。这种木头蛋，是南昌人用来给小孩子玩的，因为怕他们摔碎。我后悔莫及，叫他换真蛋来跟我碰，换来了，我用自己那个大个子涂朱的蛋迎战，结果大败绩，两头都破了，真是中看不中用。只好又用刚才碰碎的麻鸡蛋另一头，跟他做聊胜于无的垂死一击，结果他的蛋应声而碎。紧接着，我连战连捷，击破了他好几个鸭蛋。喜悦的同时，我心里悔恨不已，原来我这个不起眼的麻鸡蛋，竟然这么厉害。要知道，刚才奋起神威击破他几个鸭蛋的这头是空心的啊。

于是带着这个一边尚完好的麻鸡蛋到了学校，加入到熙熙攘攘的杠蛋人群中，它余勇可贾，又连连击破了几个鹅蛋才壮烈牺牲。我慨然说起它的英勇事迹，同学们听着也都慨然，我悔恨地想，如果不是傻瓜旺明的恶行，这样一个不起眼的蛋，将会有怎样更加辉煌的战果呢?

　　端午过去好几天,我们仍有杠蛋的余兴,不过一般人家多半是没有剩余的蛋了。我有个亲戚叫菊莲,那时也留级和我同班,她家里姊妹多,共六个,古人云:"盗不过五女之门。"何况六个乎?她把端午节那天的鸭蛋保存了好几天舍不得吃,只在手里摩挲,这让我很嫉妒。那天趁她不注意,我突然出手,重重敲在她手中的鸭蛋上,应声而破。她看着蛋上的裂痕,突然号啕大哭。我没想到一个鸭蛋的碎能让她那么伤心,现在觉得自己有点可耻,大概我就是那种恨人有,笑人无的人吧,因为我自己没有,也就想别人也没有。管仲说:"仓廪实而知礼节。"赤贫的人不能说绝对没有良知,但想来相对较少,因为顾不上。

　　端午还有喝雄黄酒,挂菖蒲的习俗,可惜这些"非物质文化遗产",是大人君子们赏玩的,不能满足我的口腹之欲,对童年的我来说,几乎没有什么记忆。至于赛龙舟之类,只在书上见过,更是风雅得紧,于我这样一个穷竖子何有哉?就不啰唆了。

冰　棒

　　冰棒，北方人叫冰棍的。小时候看电视，荧屏上北京的小学生参加夏令营，身上穿着洁白的衬衣，臂上挂着一二三根红杠不等，手中举着鲜艳的红旗，嘴里吸着冰棍，喉中唱着"让我们荡起双桨"，泛舟于北海之上，宛如神仙中人。真让童竖的我，无限追慕向往之至。虽然年幼，我倒还没蠢到去问我的老师，为什么我们没有夏令营。因为我周围的孩子，一个个蓬头垢面，衣衫褴褛，说着愚蠢不堪的土话，吸溜着猪草似的稀饭，在我看来，也实在不像配在北溟泛舟的样子。人是分三六九等的，我虽然不知其原因，现象总算搜集了一些，冰棍就是一个例子。

　　既然写到我们南昌的下等人，还是叫回冰棒这个土称呼吧。南昌的冰棒分几个等级，三分钱一根的那种，略带绛色而透明，只是凝固的红糖水；四分钱一根的则加料，有牛奶冰棒、绿豆冰棒；五分钱一根的那种，不但融有牛奶或嵌有绿豆，块头还要大一轮，肩宽背厚，南昌人美其名曰"冰砖"。但课间的时候，我经常只能看着同学买着吃，喉头不住地咽唾沫。由此我经常想，要是我将来有个孩子，一定给他（她）口袋里塞上满满的一口袋零钱，想买啥吃买啥吃，想要啥便是啥。这种宠爱，大概有点土财主的架势，未必是好事。史书上说，泥腿子暴发户的儿子常常是纨绔恶少，而世家大族的子弟却往往谦恭好礼，大概也是这个道理吧。此道理，我强名之为"冰棒效应"，不知道贴切不贴切。

然而这还不算什么，我的小学同学中，家里是某某工厂的，则炫耀说，他们厂卖给职工子弟的冰棒，只要一分钱一根，当然，外人是买不到的，那属于厂里的福利。那时的同学，喜欢把"我们厂"三个字挂在嘴边，当然带着一种身份的炫耀。很久以来，我一听到这三个字，都会像一条巴甫洛夫训练的狗，条件反射地想到了一分钱的冰棒，只是口水没有鲜廉寡耻地滴答，还保留了一点做人的尊严。虽然在这个国家，此种自娱自乐的尊严是多么的一钱不值，因为归根结底，也不能借此去买到一分钱一根的冰棒。

我不知道现在的工厂还有没有保留这项福利，记得八十年代中期，我小舅带我去他的工厂——江西纺织厂，下车伊始，就去厂里的冰库买了一保温瓶的冰棒，让我一个人尽情享用。晚上又带我去厂里的阅览室，那是多大的一个地方啊！里面杂志琳琅满目，应接不暇，寻常我要花钱在图书摊上看的杂志，比如《故事会》《少年文艺》《儿童文学》之类，应有尽有，在那时的我看来，这就是一个文化的大宝藏，知识的大厦在我的脚下，强大的求知欲在我脑中，我总共在那里待了一晚上，直到关门才黯然离开。诸位先生，直到现在，我还在痛苦，为什么我生活的市井，没有这样免费的精神食粮可以提供呢？在这种食粮面前，什么一分钱的冰棒，都实在不值一提了。

小学的时候，暑假总要去城南乡下奶奶家度过，和我在绳金塔市井比起来，这里又更是蛮荒之地了，别说一分钱的冰棒，就是有三分钱，想过过古代贵族们"纳于凌阴"的瘾，也不可能随心所欲。因为这些个村庄都沐浴在大自然的光辉之下，和工业文明完全绝缘，没有公路、电，自然也没有冰棒，照今天的标准，属于标准的绿色村庄。当然，村民们想过"日出而作，日入而息……帝力于我何有哉"的生活，还是不可能的，税还得交，政治还得抓，间或还会有一两个巡回电影队下来，放两场《烈火中永生》或者《董存瑞》这样的电影，那就成了全村的节日。

但是偶尔会有一些货郎，背着大木箱子，走村串巷地来卖冰棒，价格是三分还是四分，我忘了。总之我奶奶狠下心给我买过一次，她用青筋暴露皮肤松弛的手，颤巍巍地掏出一个硬邦邦的化学袋，可能是那时塑料袋难得，要经过复杂的化学工艺才能生产，奶奶都称之为"化学袋"。她翻开化学袋，一分一分地掏出几枚硬币，递给货郎。我吸着冰棒的时候，感到的是一种单纯的珍贵，不知道该感激谁，不知道这种珍贵是谁强加给我们的。

苦难是一所大学，这句话好像是一个很有名的人说的，可是上完了这所大学，有什么用呢？至少我觉得自己应该是这个大学毕业的优等生，而现在回忆起来，脑中除了感伤和愤怒，空空如也。

学武术的回忆

某一年,南昌的大街小巷都在谈论电影《少林寺》,每个人都好像醍醐灌顶,原来做英雄是这么简单的,不需要枪炮,只需要练好武术,就可以飞檐走壁,快意恩仇。于是,除了《右江文艺》《金盾》《花溪》之类的半色情杂志外,南昌的大街小巷还摆满了《武林》《武当》之类的期刊,邑中几乎所有年轻的脑袋都荡漾着大侠的美梦。

我看《少林寺》的那天晚上,场景记忆犹新,那时大概读小学三年级,和同班同学张小海去坛子口电影院,看的是晚上十点十分的深夜场。对于现在来说,这个时间段并不晚,正是寻欢作乐的好时光,可是对于那个时代一个十岁左右的孩子来说,无疑等同于半夜三更。由于激动,我们俩早早就赶到了电影院外,等了半天,前面一场老不散。张小海终于经不起诱惑,拉着我溜进大厅,透过厚重的棉门帘往里窥视。只见李连杰的师父正在银幕上敲鸡蛋，年轻的光头们围了他一圈，涎水滴答地问："好吃吗？"李连杰的师父鄙夷地扫视了他们一眼："明知故问。"两个鸡蛋还没落入李连杰的肚子，我和张小海的脖子就突然一紧，被一个人的双手左右分工，提了起来。"出去出去，买票去。"我艰难地转过脖子，发现一张声色俱厉的脸，他的臂上戴着红袖章。

于是只好在外面继续等，电影院的隔音效果并不好，里面的呼喊打斗声如海浪般阵阵涌来，让人心痒难搔，终于明白"一睹为快"这个成语的贴切。不知过了多久，张小海再次耐不住了，又决定从侧门偷偷溜进去。然而这次失败得更惨，他的头刚探进门帘，就被隐蔽在墙角的管理员捉住，像鸭子一样提着去罚扫厕所。还好我这次明智，没有随他。很快电影就散场了，我欣欣然进了电影院，找到自己的位置坐下，又担心张小海要错过好戏，很为他悲悯。谁知灯光刚黑，他气喘吁吁地带着一身臭气跑来了。我惊喜地问他，怎么能这么巧？他说，扫了一阵厕所后，对执法者苦苦哀求，终于说得对方天良发现，在电影开映前一分钟把他当个屁给放了。

接下来就是如痴如醉的观影享受。看完后很久，我都一直沉浸在精彩的武打回忆之中，不知不觉，成为武术大师的想法萦绕了我的内心。我开始偷偷买《武林》杂志，一板一眼地照着上面练习，什么形意拳啊，螳螂拳啊。班上有几个人也热衷于此，我曾经追随他们买了几尺劳动布，缝成沙袋，绑在腿上，一大早就绕着街心花园跑，边跑边憧憬着有朝一日飞檐走壁。那时真是风气如此，金塔街上有不少游侠，南昌人称为"罗汉"的，也天天聚在一起切磋武功。过年节的时候尤其热闹，游侠们酷爱群聚街头，放那种五分钱一支的"冲天炮"，街市上尖啸声时不时响起，"冲天炮"像烧着了屁股的蝗虫一样四处乱飞。如果循着蝗虫飞来的方向瞭望，则是一群罗汉笑得前仰后合的丑态。此外，春节时的金塔街两侧摆满了小摊，似乎全郊县的农民都云集于此，大呼小叫，向过往的每一个直立的智人兜售着烟花爆竹、气球彩灯。也许仅仅南宋时候的临安城涌金门外，才有这般热闹吧。市井的人生也有它的趣味性，现在想起来蛮温馨的，怪不得刘邦的老爸对这样的生活乐之不疲。年少时，我非常羡慕北京这样的大都市，现在却觉得北京像个硕大无朋的冷冰冰的怪物，到处都是陌生人，到处都充斥着污浊而陌生的空气，实在是无趣啊！

然而第二年的春节，那些给人们带来浓郁生活气息的罗汉们都一齐销声匿迹了，因为前不久发生了严打。很快，大街小巷贴满了布告，往日只登载一个死刑犯事迹的纸，这次要屈尊登载三四十名，罪行就只能言简意赅了，一个人占据一行，你推我挤，好不热闹。我一个同学的哥哥，曾参与过一次抢劫，这次也有幸忝列于上。我那时丝毫不懂得生命之至尊可贵，为之遗憾的仅仅是，眼看春节就要到了，电视里将要播放《西游记》，而他哥哥却要吃金灿灿的花生米，不得不永远和《西游记》作别，那该是怎样的一种黯然销魂的心情？

这次严打浪潮过去，不久又发生了一件震惊金塔街的血案，一家罗汉四兄弟死在邻居一个高中生之手。相传是这四兄弟个个擅长武功，在金塔街上不可一世，那高中生则只和父亲两个相依为命，然而不幸成了这四兄弟的邻居，于是屡屡遭到欺辱。这种事在民间确实普遍，我爷爷早年住在城南的乡下，一贫如洗，曾经也和一恶人为邻，某日大雨墙坏，爷爷欲鸠工重新砌墙，却遭到恶邻制止，说地是他家的，不许砌。爷爷虽然愤怒，却奈何不得——恶邻生有四个男丁，个个身强力壮。幸好很快碰上土改，爷爷以赤贫之身，居然也分得一栋地主的老宅，算是避开了恶邻。金塔街上这位高中生虽然年少，却很有血性，某日又起冲突，罗汉四兄弟之一又调笑戏弄高中生之父，高中生突然蹿出，持一柄解腕尖刀，一刀搠入了罗汉的胸膛，罗汉惨叫一声软软栽倒。高中生拔出尖刀，干脆走入厅堂，将其余三兄弟一一杀死，据说三兄弟也有过反抗，可惜相传的高超武功没能救下他们的命，络绎饮高中生之刀而亡。高中生很有武松的豪迈，屠戮完毕，扔刀去公安局自首。金塔街一时轰动，父老相约，欲集体去公安局求情，说高中生平时温文尔雅，其杀人乃出于孝心，感天地动鬼神云云，想保下高中生的命。可惜国朝对"孝"这种美德不屑一顾，至少法无明文必保护孝子。其时又并非乱世，警察们没有中牟县令放走曹操的雄心，于是很快街上贴出一张布告，说此生连杀四人，手段残忍，不杀不足以平民愤。于是，那个我从未谋面的儒侠孝子死掉了。

这件事大概给了金塔街的罗汉很大的打击，似乎让他们觉得，武功这玩意太玄虚而不切实际，关键时候，连一个手握利刃的文弱书生都不能对付，这样的武功要他何用？于是学武之心日渐淡泊，罗汉们相继拥去小香港（南昌的第一个个体摊贩集中地）练摊淘金。我们这些孩子拿着武林杂志，望着上面的套路示意图也索然寡味。有一天，爸爸发现了我的《武林》杂志，深恨这种东西毒害了我的心灵，当即席卷而起，扔到街头，拉杂摧烧之，当风扬其灰。我号啕大哭，可是这伤心并未延续太久，因为，《射雕英雄传》正带着无与伦比的魅力呼啸而来。

起初听到《射雕英雄传》这个书名，还觉得很不屑，猜想那写的大概是屠夫铁木真的发家史吧，有什么好看的。我一个长着四环素牙的洪同学家境挺殷实，他不知从哪听到这小说的好看，花三块六毛的巨款买下了。先借给我一本下册，我只翻了没头没脑的第一页，"欧阳锋运起蛤蟆神功"，胸中顿时热血沸腾，天哪！世上还有这样的神功，还有这样好看的小说，从下册开始看，竟可以如此让人不忍释卷。

可是最重要的，还在于从这小说中开阔了眼界，原来先前的《少林寺》，那样激烈的打斗竟然是最愚蠢不堪的。脚上绑着沙袋跑，也绝练不出什么轻功，因为修成绝顶武功的重要基础是——内力。没有内力，就永远不能进入上层武学的殿堂；有了内力，想飞多高飞多高，想看多远看多远，想听多清听多清，想打谁便打谁。一句话，有了内力，你才能从必然王国走入自由王国。

于是我开始按照马钰教郭靖的法子，天天躺在床上练内力，想象一股气从丹田上去，游走到四肢，再走遍全身。幻想有一天那股细细的气练得极其浑厚，布满掌心的时候，就可以开碑裂石。可是我这么一幻想一走神，那股想象的气就不存在了，再集中精力收敛那股根本不存在的气，慢慢竟睡着了。醒来不禁唉声叹气，每次都自我反省，却又屡教不改，看来，我实在没有练武的天分，终于识趣地放弃了。

好在随着年龄的长大，渐渐对这些狗屁武功不再信任，中国人如果练气都能练到飞檐走壁，不说别的，奥运会上的跳高、体操之类，总归能够独揽吧，然而竟不能够。于是我终于明白，内力国术这种东西，不过如鲁迅所说的中医，是有意无意的骗子。

再好看的武侠，究竟是童话，经不起一看再看的。不知现在的儿童，是不是仍旧迷恋它。

拾稻穗

拾稻穗大概是南方农家小孩经常干的事，我也有幸曾经参与。

水稻，在南昌一年要种两季。每年七八月时分，是人们最忙的时候，号称"双抢"，也就是抢收割，抢播种。我家虽然不是什么正经的稻农，但在暑假去乡下度假时，也曾亲历过，因此说得出一些感想。记得最牢的，是有关拾稻穗的情节。

严格地说，南昌人不说"拾稻穗"，而叫"拣禾穗"。"穗"字和普通话的"杀"字主要元音相近，不过读成入声。这种称呼的差别让我头疼，搞得我上小学之后，读到那篇《拾稻穗》的课文，还百思不得其解，为什么叫法这么不一样。

还得先说说双抢，对所有农民来说，那感想大概都是一个"苦"字，白居易的《观刈麦》里，有两句诗概括得非常好："足蒸暑土气，背灼炎天光。"他说的是麦田。麦田一般是旱地,情况还好;而稻田,因为是湿漉漉的,要多一样痛苦——蚂蟥。那是一种用镰刀都剁不死的吸血虫,至今见到,我还会心惊肉跳。中国人喜欢自称耕读世家,其实有点装,在福楼拜的《包法利妇人》里,老包法利的话很有震撼性,他说,种田绝对是一个老天爷诅咒的职业。我不相信中国古人的基因有何特殊,会热爱这行当。总之,我是很讨厌。据说西方的农业已经完全机械化了,真该衷心赞扬他们对人类文明做出的伟大贡献,他们发明的机械,彻底将人类从田地劳作的辛苦中解放了出来,使人类完全摆脱了饥饿的压力,可以腾出更多的时间去享受、思考和创造。和这种伟大成就相比,在奥运会中跑得像飞鸟一样快,算得了什么?

我似乎扯远了。童年的时候,农民还依附于一种叫作"生产大队"的组织,到了双抢时节,全大队的精壮男子和盛年女子,都要集体下田劳作。稻子收割上来,交够公粮,才能按照户数进行分配。但是,这种平均主义和集体主义的教育,阻碍不了农民追求财富的私心。于是,各家都派出他们未成年的孩子,跟在收割的男女农民之后,亦步亦趋,拣拾他们遗落的稻穗。日之夕矣,才随着牛羊一起归家,将怀抱的一小捆稻穗喜滋滋地交给父母,换来几句廉价的赞扬和鼓励。那时,真有一种自豪感。虽然现在想来,十分荒诞。

书面上的词汇,永远比现实美好,我不知道,这是不是中国传统,抑或全世界通用。鲁迅说,农家劳作归来,在土屋前快乐地啜着猪食。文豪泛舟波上,目睹此景,会兴发狂吟:"真是田家乐啊!"同样,课文上的拾稻穗也写得相当美好,而且,尤为让人敬佩的是,那些小孩拾到稻穗,最后并非拿回家,而是上交给生产大队,因为那本来就是公家的。可我自己从来没有如此崇高过,我身边的伙伴也从来没有。

那时我才开始朦胧意识到,课本上的东西,也有胡说八道的。虽然我并不知道,为什么要这样胡说八道。

游泳和水鬼

童年的时候,过暑假还是挺喜欢乡下的,因为可玩的东西很多。城里没人跟我一起玩金龟子和蝉,没人一起玩"跳房子"的游戏,但最伤心的还是,没有池塘可以游泳。

当然,游泳是书面语,我们一般不会叫得这么文雅,只称之为洗澡。在城里,洗澡是很草率的,接一桶自来水,把毛巾浸在桶里,抓起来水淋淋的全身擦拭,最后举起桶把残余的水兜头一浇,完事。全程不过几分钟。但在乡下,与其说是洗澡,不如说是每天必备的节日,在青翠碧绿的池水里像鱼一样的来回游弋,那种快乐实在难以形容。不游到天黑,大抵不肯上岸。所以,每天的十个手指肚都被水浸得发胀,中间一圈白白的皮,可以一撕而下。

天黑前必须上岸,是大人嘱咐的,有个最骇人的理由是,以免被水鬼找去做替代。

农业时代的乡村，比现在更多一些鬼怪的传说。有时我看恐怖片吓着了，不得不开着灯睡觉时，就会对古人产生由衷的怜悯，他们在听过鬼故事之后，是怎样在黑暗中熬过漫漫之惊魂长夜的。

就像有水的地方，鱼似乎会不翼而至一样；我感觉，有池塘的地方，必定会淹死人。童年时所住过的村子里，它周围的池塘，在杀人方面，几乎没有一个称得上清白。总会有人向你绘声绘色地叙述，它们各自曾经淹毙过哪些人，而那些人已经化为鬼，它们和太阳轮流出工，辛苦地寻找那些敢于在不合适的时间嬉戏于池塘中的人，拽住他们的脚踝，将他们拖入水底，换得自己投胎的机会。有的人还曾声称亲眼见过鬼，多是女的，她们长发披肩，浮坐在水面上，悠闲地梳头。而这时，整个乡村沐浴在一片暮色当中，炊烟袅袅，空气中充满了浓郁的柴草灰味道。

但我那时就有点怀疑，因为也有丝毫不怕的。村口有个剃头匠叫老万，五十多岁，他就胆子奇大。每晚八九点，甚至更晚，天黑得像墨，他才会慢慢踱去村南的那口池塘中沐浴。那是我们去得最频繁的一个池塘，也是杀人最多的池塘（我就差点被它杀掉）。直到现在，我回忆起童年情景，脑中经常闪过的就有这样一幅画面：油灯下暗荧荧的乡村煤渣路，路边十几张竹床，竹床上横七竖八躺着的人，每个人都攥着一把蒲扇，轻摇薄晃，有时也会抽风似的猛拍几下，那是被蚊子叮了。这时，剃头匠老万掮着一条脏乎乎的毛巾，捏着一条洗得发白的蓝短裤，慢悠悠从竹床丛中穿过，像幽灵一样没入了南边的黑暗中；半个小时之后，又幽灵般从南边的黑暗中浮出来，掮着一滩湿湿的毛巾，捏着一坨湿湿的短裤，穿过竹床，遁入北边的黑暗中。直到现在，我仍想把他从历史中拽出，气愤地质问他："老万，你他妈的胆子为什么这么大？你就不怕水鬼把你拖走！"

等我认识较多的字之后，我就不再愿意在乡村度暑假，因为与书籍和电影之类相比，游泳也不是那么有吸引力了。大学的时候，我们家早已迁到了乡下，这时乡下人也不去池塘中洗澡了，因为再也找不到一个清澈的池塘。

关于狗的记忆

记忆中有两次和狗有关的场面。

第一次是在城南的乡下,那时我大概还是学龄前儿童吧,天气什么的没印象了,虽然这是我一向敏感的。只记得那时住的还是老屋,大块而薄的青砖,高低错落的马头墙,阴郁的墙面,四方形的天井,破旧的木地板,靠背镶着彩色琉璃的椅子,花瓶形或者六角形的后院墙垣窗户。高大的木门,转动时带着吱呀的声音;黯淡的木房梁上,燕子衔泥垒成的小窝……这就是我对乡下老屋的一切印象,它是从地主手上分到的,原来的主人早已被枪毙了。

和大户人家不同,随着儿子们的相继成家,祖父母两个最后退守天井南边的畜圈。他们在屋前用土砖垒了一个长方形的土垣,垣内种着苦楝树、榖树和各种蔬菜。垣墙上则是一连串的南瓜藤,夏天的时候黄花灿烂,蜜蜂往来纷飞,相当热闹。有一天,我和小伙伴正在垣前的青石板上玩泥巴，突然看见祖母养的那只黄狗瘸着一条腿，跌跌撞撞，惶急地向我们奔来。在它的身后，紧跟着大队人马，手里握着竹杠和绳子，其中就有我爸爸。

我不明白发生了什么事，长大后读《左传》，读到宋国人群逐疯狗的场景，不由感慨，中国的灿烂传统真是保留得好，几千年过去，连逐狗的办法竟然都合若符节。他们追逐着那条狗，绕着房前屋后奔了几圈，事情结束了：黄狗脖子上套着绳子，被悬挂在老屋青灰色的外墙壁上，嘴角泛着白沫，含恨归西。这让我有些难过，觉得太残酷。爸爸解释说，这只狗疯了，若被它咬上，会得狂犬病，肚子里会长好多小狗，把肠子扯烂。我听了不寒而栗，那一点点难过也就逐渐减淡。

上初中的时候，我家还住在绳金塔，有一天舅母从老家抱来一只小狗，毛茸茸的，很可爱。在我们的悉心喂养下，小狗渐渐长大了。我每天都要逗它玩，扔个什么东西在远处，它就会活蹦乱跳地跑去衔来，让我心花怒放。可是好景不长，灾难降临了。

这天大街上突然贴出了布告，说是禁止养狗，市政府已经派出打狗队，每家每户查杀。我们都为此惶惶不安，但是当时竟没有人想过把小狗转移到别处去躲避一阵，只是怀着侥幸的心理，将它系在一把竹交椅上，藏在小房间里，想，大概，它能活下来吧！

打狗队很快上门了，三四个人，有的拿着竹杠，有的握着铁钳。他们在院子里转了一圈，没发现什么动静，失望地招呼一声，正要离开。我心花怒放，但这时突然响起一声狗吠，我的血液凝固了。那几个人像打了鸡血一样，兴奋地呵斥我们："有狗，还弄（不知道南昌人为什么用词这么古）起来，跟政府作对是啵？""咬到了人，你们负责？""小心罚你们的款哦！"

一家人都黯然不应，我则怒视这几个天杀的把那只爪无缚鸡之力的小狗从房间里拖出，它身上还系着竹交椅，一脸茫然。这时其中一个人张开手上的铁钳，准确地钳住了它的脖子，将它钳得人立起来，它只能从喉管中挤出几声断续的哀啼，下半身随着铁钳不停地转动，后来读《长恨歌》的时候，到"宛转蛾眉马前死"一句，我脑中顿时浮现出这可怜小狗的临死情状，真的，不知道为什么。接下来，另外几个家伙手上的竹杠没头没脑地敲下去了，不消几下，可怜的小狗就口吐白沫，含恨归西。那些家伙又正义地教训了我们一通，心满意足地钳着小狗的尸体凯旋而出。

我默默地跟着他们的脚步来到街上，街旁停着一辆解放牌汽车，车斗里已经装有半厢狗的尸体。铁钳人双臂一扬，我的小狗飞了进去，跌落在它的诸多同类之间。然后他们进了驾驶室，一阵黑烟泛起，带着半车狗扬长而去。

后来我听说那些狗全部卖给了一家餐馆，我们都知道，那一向是以烹狗肉而闻名的。食客们吃的，就有我们的那只小狗。

一只鸭子

小时候日子过得艰苦，有时一天只能吃上一顿饭。早上睁开眼，妈妈已经出去卖苦力了，只能揉揉睡眼下床，空着肚子去学校。外婆家只有一院之隔，妈妈曾经想让我在她家搭膳，可是外公不肯，只好作罢。

妈妈的"工作"是推酱油，和外婆搭伙，两个人一车。每天天蒙蒙亮就推着板车去酱油厂，装上满满一车"向阳"牌酱油，运到市内大街小巷的各个商店。路远的店多，则每天五车；路近的店多，则三四车。寒来暑往，三百六十五天，绝无间断。不知道什么叫星期天，更别说什么双休日。过年节的时候，少推两车而已。好几次过年，只好由我爸爸代替她去，因为爸爸做的饭菜奇难吃，要留她在家里做年夜饭。

平常时候，她们母女俩一般下午收工，将酱汁淋漓的车板卸离车轮，竖在院子里，开始洗刷衣服，准备晚饭。菜大多数时候已经买好了，因为她们的车要反反复复经过各个小巷，那里多的是菜场。妈妈带回的菜五花八门，多数时候是榨菜、青菜，有时会加上鸭蛋，有时会有半块卤猪肝，少数时候还会有一只板鸭。南昌的板鸭很有名也不太贵，大概也不用福尔马林泡，味道不错，可惜不能经常吃到。但最奇怪的是有一次她竟带回来一只活鸭，那时离中秋节不远，她的计划是中秋那天杀了吃。

自己栖身的地方都是蓬门荜户，哪有多余的地方养鸭呢？于是就关在外婆家红条石砌就的厨房里，可是不知怎的，第二天，这只鸭子竟然从厨房的缝隙里钻出，逃掉了。

下午三四点的时候，母女俩推着板车回来，发现鸭子不翼而飞，当然很难过。因为产权属于我们家，妈妈当然更难过，于是骂了我几句之后，车板也来不及卸，就带着我出门去找。

那时的绳金塔附近，并不像现在这么繁华，只有一条破旧的柏油路穿过，路两边各有十数个粪坑，仰面朝天，井然有序。因为粪水比较满，看上去个个家财万贯，自命不凡。粪坑的周围则是一片片菜地，中间偶尔还点缀着一个个金色池塘。从我家出门，横绝柏油路再往左，绕过粪坑和菜地，就有一汪绿水。那是离我家最近的池塘。具体决策过程我忘记了，总之，我们的路线是对的：那只鸭子正在那个池塘当中来回游弋，左右遐观，悠然享受着午后的自然风景。

我们惊喜的尖叫打断了它的悠闲，它认出了我们，像和公子私奔的小姐一样，钗横鬓乱地向池塘中央急速游去。我和妈妈分两头包抄，我负责在池塘一边投掷土块，频率密集，逼迫鸭子游往妈妈那边；妈妈则站在池塘边的浅水里，双目炯炯，一触即发，等待捕捉的机会。可是那鸭子虽然惊慌失措，却抵死也不肯往她身边靠。最后我只好下池和它竞泳，母亲依旧在岸边伺机相扑。然而那厮却突然安静了，它恢复了悠闲，红掌轻拨，轻松地逃过我和妈妈的一次次扑击。不知不觉，日光逐渐西斜，我们母子俩沮丧对望，黯然神伤，不知道拿它怎么办。

池塘边逐渐围上了很多放学的小学生,个个系着红领巾,叽叽喳喳地议论着,出着主意。有顽皮的男生开始朝鸭子扔石头,在众人的喧嚣下,鸭子又变得忙乱,却仍旧垂死挣扎。最后,一个野蛮的男生一块大石头下去,扑通一声巨响,那顽固的生命霎时间凝结了。

无奈的母亲只好捡了它的尸体回家,那天晚上,我们咀嚼着鸭肉,提前过了中秋节,兴奋之余也有些伤感。

小时候的零食

我念小学的时候,学校门口常常有老太婆卖零食,不知道现在的学校门口还有没有。

那些个零食,现在看起来当然相当脏,脏得可以想见。最常见的是辣椒藕片,把菜市场下班前甩卖的残藕一股脑搜集起来,切成细细的薄片,再倾倒进一大袋辣椒末子,撒进去两把盐,或者,还会撒上两勺味精,再移送到一个泡过无数次脚的搪瓷盆里,卖力地搅拌它个十几分钟,好了,一盆足以让小学生们馋涎欲滴的辣味藕片就新鲜出炉了。

以上都是我臆测的,但我想,鉴于它没有技术含量的特性,大概和实际情况出入不会太大。

一分钱两片,两分钱四片,三分钱,大概怎么也得给七片吧?买得多,老太婆总会慷慨地有所赠予。这么一盆,起码也有三四百片,保守地算算,一盆大概能卖两块钱,刨去微薄得像蚊子腿那么细小可怜的成本，净挣一块五。如果一天卖两盆，收入则是三块。那么一个月就有九十块，天哪！那时候我父母的工资加起来也不到七十。

可以和藕片的市场占有份额并驾齐驱的，还有辣椒饼。这玩意我现在想起来还恶心，软塌塌的，如鼻涕一般，上面沾满了暗红色的辣椒末，咬一口，断口处赫然可见干辣椒的纤维。索性把整块送进嘴里，细细地咀嚼，脸上露出幸福的笑容，和脖子上的红领巾交相辉映。这时候见到他们的人大约只能感叹：社会主义就是好，就是好！

有一种辣椒饼还不错，并不软塌塌，而是硬邦邦的，如砖茶，不过很贵，两分钱还远远买不到方寸。后来我在商店看到了，装在塑料袋里，一毛钱一大块。原来是老太婆买了它们来，截成无数个小方块零售给我们。比起土制的鼻涕辣椒饼来，它确实好吃多了，可惜后来消失得杳然无踪，我曾经因为四处寻找它未果而感慨过一阵子。

总之，不管是藕片还是辣椒饼，辣椒就是这样无耻而嚣张地包打天下，引诱小学生们的馋涎。真不知在辣椒传入之前，中国人怎么生活，是不是他们会这样唱歌道：

> 辣椒未至时，万古如长夜。
>
> 辣椒既来后，植我前后舍。
>
> 煎炒佐粗糜，其味胜甘炙。
>
> 曝干捣成齑，无菜不肯下。
>
> 王侯干底事？穷鬼自潇洒。

也许他们没这么风雅，只是做而不说的。饶是如此，童年时老太婆捣制的那两项美味，我也没福享受，因为很少有零用钱的机会。只在冬天，妈妈硬逼着我换衬衣的时候，偶尔会拿出一两毛钱来引诱。这也不能怪我，南方的冬天，没有暖气，那种冷是现在的人无法想象的，脱下温暖而脏的衬衣，换上冰凉而干净的衬衣，绝对要有第一个吃螃蟹的勇气。妈妈为此付出一点代价，难道不应该吗？

不过，有一天我终于有机会大快朵颐。

那时我大概已经四年级了,有一天放学的路上,突然发现路边的野草丛里趴着一张大面额的钞票——两元人民币。那种厚重繁复的绿色图案,正是它身份的象征。我用一种迅雷不及掩耳的速度将它装进口袋,心脏怦怦怦剧烈地跳动,感觉所有人都在看着自己,实际上并没有引人注目。我疾步走回家,躲进屋子里,才敢把钱掏出来,天哪!真的是两块钱。刚才在路上我还想,是不是自己看错了,其实只是两毛钱,毕竟两者都是绿色的。现在我放心了。两块钱可以买什么,两百块软塌塌的辣椒饼,四百块藕片。当然,我没有那么庸俗,只注重口腹之欲,你以为我是贪官啊?我最想拥有的还是精神产品——连环画。

于是马不停蹄去了胜利路的知青书店,一口气买了三本连环画,一本《细菌历险记》,一本《大闹天宫》,一本《伤逝》,后两本是彩色的。《细菌历险记》和《大闹天宫》,我觉得买得很值,因为我都看得懂;《伤逝》却让我头疼,不知它到底说什么,涓生子君,你爱我,我爱你;你躲着我,我离开你,还有一条莫名其妙的小狗，扔掉了又跑回来，简直无聊透顶。这样的东西，竟值得绘制成彩色的么？而且，它在那时是天价，四毛六分钱，比生动而艳丽的《大闹天宫》足足贵上一毛七分。

剩下的钱到底干了什么，大约仍是吃了庸俗的辣椒饼和藕片吧，总之记得不很牢了。遗憾的是，直到现在，我还在奇怪，作为一个从小接受社会主义道德教育，唱"我在马路边捡到一分钱"长大的人，为什么当时没有做到拾金不昧，而且直到现在，回想起来也没有任何悔意！我真的不知道这是为了什么。

牛头山

小学时候的某一天，我歪躺在竹椅上，百无聊赖地翻着一本叫《牛头山》的小人儿书，那是同学刚刚借给我的，好像是《岳飞传》系列的中间某册，前无头后无尾，能看得出什么意思来？但那时实在无书可看，只好抱着姑妄看之的态度，一页页翻着，很快我就正襟危坐起来，只因为那个叫呼延灼的人。

现在分析起来，大概对超人的崇拜，是人类这个渺小卑微群体的天性，而呼延灼无疑就是一个超人。

起先我并没有看过《水浒传》，所以对呼延灼并不了解。本书的开头，是窝囊皇帝宋高宗一路逃亡，穷途末路，有大臣建议请出就在本地隐居的呼延灼，来抵挡"汉奸"杜充的紧追不舍。画面上展现的是白发苍苍的一个老头，手执双鞭。我很为他担心，这么老的人，骨质疏松应该很厉害了，摔一跤只怕就爬不起来，怎么还能打仗？孰料他披挂上马，仅一个回合就将杜松毙于马下。巨大的崇拜立即取代了我的担心，因为他超级的忠勇，同时我胸中洋溢着一种中国人，或者说有一定文明程度的地球人与生俱来的高贵情感，或者我还应该赞一句：好一位英雄老将！

接着金兀术来了。两个人仍旧打个不分胜负，可是呼延灼已经七老八十，金兀术却膂力方刚。值得钦佩的显然依旧是呼延灼。就连金兀术本人也暗呼："双鞭呼延灼，果然名不虚传！若他年轻时，我不是他的对手！"

这句金兀术的心里话，不知道我为什么记得这么牢，可以说一字不易，虽然我手头并没有《牛头山》这本小人儿书来验证。

不能顺利干掉一个老头，狡猾的贼酋只好使诈。呼延灼被金兀术诱骗到一座腐朽的吊桥上，马失前蹄，金兀术回马一斧，老英雄坠落吊桥，魂断天际。令我痛惜不已！

宋高宗见状，只好栖栖惶惶再度奔逃。

接着牛皋出现了，他好像也有两把子力气，对付一般的贼首,不在话下。可他打不过一个叫张宪的,穿白袍,披银甲,使烂银枪;也打不过一个使棍的家伙,名字我忘了,据网友提醒叫郑怀。后两者好像武艺差不多,曾鏖战一百回合,打了个不分胜负。

我之所以对他们的印象不大深刻,大概是因为后面来的一个人,他的光芒太过耀眼,仿佛日月。庄子曰:"日月出矣,而爝火不息;其于光也,不亦难乎!"在日月面前,三束爝火如牛皋、张宪、郑怀辈,还能有什么可蹦跶的呢?那轮光芒四射的太阳,他的名字叫——高宠。

当我看到牛皋三个人像车轮样围住高宠,战了一百多个回合,竟然拿后者不下时,那种惊讶实在难以想象。而更惊讶的是,高宠一声休战,神定气闲勒马而立,那三人则气喘吁吁,仿佛七老八十。这是评书讲演家们惯用的衬托手法,却永远让人无法抵御。那位穿黄金锁子甲,使一条金枪的家伙,实在是个伟岸的神。我其时想,不知道双鞭呼延灼年轻的时候,是不是他的对手?

然而出人意料的是，这位伟岸的神，竟然在这本连环画的最后几页，死在铁滑车之下。他的死，并非因为他体力不支，而是因为他胯下的马体力不支，这让我多多少少能够原谅塑造这一英雄的作者。

再接下去，别的什么都没有印象了。只记得本书的最后一页，是金兀术气愤地拍击桌面的样子。在他嘴边打开着一个对话框，上面是简洁明了的三个字——好厉害，再加一个惊叹符号。

从此开启了我阅读古典演义连环画的生涯。

早米和晚米

记得上高中的时候,有一天地理课讲到农业地理,那个敦实的男老师说,他当年遵循父母的命令,没事就骑着一辆二八破自行车满城乱转,寻找粮站,看是否有早米卖。有的话,就赶紧回家报信。理由很简单,早米每斤一毛四分二,晚米则是一毛四分六。五口之家,以每人每天平均消耗一斤米计算,一月则要把一百五十斤米化成肥料。如果买早米,每年可以节省七块两毛钱——我是不是记错了这两种米的价格,难道为了一年省下仅仅七块两毛钱,就值得派一个孩子经常满城乱跑寻找早米吗?

但早米和晚米之间,区别肯定存在。反正我小时候,家里也是只吃早米的。父亲是个吝啬鬼,要是妈妈哪次买了晚米,他就会大发雷霆。这样的父亲似乎很可鄙,为了一点米的问题,也值得火冒三丈。我也是这么认为的。当然细想一下,责任也不全在他,他活到这么大,并没有哪天是游手好闲的。"朱门酒肉臭,路有冻死骨"的事情都经常发生,普通人能吃上早米就算不错了。

  反正说到这了,我不妨更肆无忌惮地自曝家丑。实际上我们家吃的米还要差,米色发黄易碎不算,还有很多蚂蚁般大小,棕色的硬壳虫子与之朋比为奸。这种硬壳虫子有点像具体而微的金龟子,虽然小,也知道惜命,个个全身披甲,宛若勇士。我对勇士一般还比较尊敬,最恶心的是那种一丝不挂的白色蠕虫,长短略小于成年蛆,脂肪厚度则远远不如。它们和米色融为一体,很难发现。等到饭煮好,闷头吞咽倒也没什么。如果还要讲究一点,把它当玉粒金莼来品尝,麻烦可就大了。你会发现这些蠕虫的尸体赫然散布在饭海之中,因为它的喙是略微有点颜色的,胴体也如节肢动物般均匀分段,和米粒的浑然一体颇有区别。每到这时候,我就会将它们一一挑出。父亲这时又要大怒,一筷子击在脑壳上:"虫子怎么就吃不得,吃了会死?!"

我很委屈。我承认,吃虫子确实不会死。它们的尸体那么小,甚至毫不影响整碗饭的味道。但我就是不乐意,仍旧要偷偷挑出来,虽九死其犹未悔。不过老实说,这样挑虫子的效率非常低下,而且容易有漏网之鱼。后来我想了一个办法,用茶(南昌人所谓的茶,其实就是开水)来泡它。于是,密度小于米饭的虫尸就会争先恐后,如芙蓉一般出水。这时算掉一层开水,虫尸倾巢而出,米饭大概算是比较纯净了,掩耳盗铃地吃下去,也还将就。

记得这种米有一段时间常吃,苦不堪言,好在后来逐渐改善。但是吃早米的铁律,从来没有废除过。谁都知道晚米比早米好吃,父亲也不傻,但他只有让儿女吃早米的能力,还因此不惜绞尽脑汁炮制出了一个我们听得耳朵起茧的理论:"晚米虽然好吃,可是农药多。早米的生长期长,营养更丰富。"

这个理论或许有一定的科学性,父亲的父亲,也就是我的爷爷,他是个地道的稻农,对于种田,他不可能"不籍千亩",而绝对要"事必躬亲",早稻和晚稻之间,哪种农药洒得多,哪种生长期长,万不可能搞错。可是世界上吃东西,哪有仅仅考虑营养的?蛆的营养估计也很丰富,但吃它的人大约不多吧!

也许是为了求得一种心理补偿吧,现在我每次买米,都只买进口的闪闪发亮的泰国香米。

画画的回忆

我大概天生有点多动症，刚学会写几个字，便喜欢用手指在半空中划来划去，所以后来看到《世说新语》里，殷浩天天书空写"咄咄怪事"的那个典故，感到非常亲切。中国的历史这么长，翻翻文献，找到一个和自己重合的人似乎并不难。

但是这个怪癖最后发展得连我自己也始料不及，直到惹出了一场事端。

那是在初中了。因为看《三国演义》等连环画，我没事就喜欢临摹，尤其是那些冷兵器交锋的场面。看到关羽反手一刀，将鼠辈斩于马下，登时像吃了兴奋剂一样，非照着画出一张不可。上课时也浮想联翩，顺手就在课本上画将起来。有一天英语课，我又技痒，画得兴致勃勃，没提防一个黑熊般的身影挡住了光线。我抬起头，看见工农兵进修生詹老师胖胖的脸一脸严肃："站到墙脚边去。"

她辅以手臂动作,不容置疑,好像一个革命导师,在给劳苦大众指示前进道路。

下午自习课时,班主任朱老师来了,大概詹老师已经向她告了状。朱老师一走进教室,就直奔我而来,非常痛心地翻开我的英语书,一尊全身披甲,纵马提刀的武将赫然映入她的眼帘。她迟疑了一下,旋即加快了翻书的速度,书页子在她手指下哗啦哗啦,急促作响,好像秋风下的杨树。最后她发现,这本书没有一页曾逃脱我的魔爪,最干净的几页,也至少画有一两把大刀。这个发现让她有点不知所措,大概从未遇过如此变态的学生。她呆了半晌,突然把那本书高高举过头顶,用一种发现了阶级敌人新动向的口吻向全班同学宣告:"天哪!你们看过这样的书吗,没有一页是干净的,全部画满了小人儿,没有一页没被画过……没有一页。"她喃喃地重复了几句,最后果断地对我说:"叫你爸爸来,否则不要上课。"

虽然朱老师口气这么硬,但她其实比较善良,并没有执意让我爸爸去学校,可能是还没放弃对我的幻想吧。说出来不怕不好意思,我也曾经阔过的,刚上中学的时候,我因为成绩排名最高,被朱老师任命为副班长。但在期中考试后,我从第一名滑到了五十一名(其实是她算错了,应当是三十六名,当然这无助于改变事情的本质),排名榜就高高悬在教室的墙上,而她任命的其他班干部都在前几名。干部提拔错了,虽然不会遭到连坐,却存在面子问题,她不想承认自己没有眼光啊!

我就是那样可耻地辜负了朱老师的殷切期望,她见我烂泥扶不上墙,只好褫夺了我的副班长职位。我没有因此羞愧,洗心革面,改过自新,反而感觉一身轻松,再也不用背负那么大的思想压力了。当副班长时,学习确实要努力,总不能把自己混同于一个普通学生;现在真的成了一个普通学生,无官一身轻,那还在乎什么?我在课本上"创作"得越发起劲了,终于这次遭受了詹老师的"毒手"。

不顾班主任朱老师的纵容,任课老师詹老师坚决要求我叫家长来。起初我还想耍赖皮,指望混过去。谁知她记性非常好，走进教室，第一时间就是驱逐我，仿佛我多待一秒，就影响了她的声威。于是接下来的整整一周，她的课我就在外游荡。朱老师听说后，只好把我找去，语重心长地说："既然这样，你是非叫你爸爸来不可了，一直不上课也不行啊。"

我也知道这样下去不行，只好硬着头皮去叫爸爸，自然挨了一顿打。

由此对詹老师一直比较反感。多年之后，我发现自己的英语说得非常古怪，原来都是继承了她的衣钵。可是她竟然好意思动不动就把我叫起来罚站，有这样的功夫，她为什么不去提高一下自己的业务水平呢？有时候我想，我后来一直成绩不佳，是不是就跟这类老师有莫大的关系。这伙人有个共同的特点：业务不行，但是整人、侮辱人的才华特别卓尔不群。

初中毕业后，我换了一个学校念书，曾在街上碰到过一次朱老师。她穿着运动服（她是教体育的），骑着一辆破自行车，看见我，脚尖点地把车停住了，寒暄道："你在哪上班？"

我一下子没反应过来，低头看了一眼自己因为缺少油水还没发育的身体，百思不解，面对一个十四五岁的孩子，她怎么会问出那样一个问题。

说说我的外公

昨天晚上八点四十九分的时候,收到妹妹一个短信,说外公去世了。我马上想起去年,也就是在这个月,外婆山陵崩的事。他们夫妻俩的凋逝,相隔整整一年。

很久以来,我就几乎一年才能见到他们一次。比较早时候,是羞于去,因为怕被误会是打秋风;晚近则没有去的可能,因为我远在北京。以他们的高龄,时日无多,我也是早有心理准备的。然而一旦真的发生,仍不由得怆然暗惊。

一个人,当他的祖父母俱存的时候,不管他自己有多大年纪,仍会感觉自己春秋尚富,算是青年。因为他的祖父母才代表老年,父母则象征中年。将近二十年前,我的祖父母就物故了,然而正因为外祖父母还活着,我从未觉得自己有多么老大。现在,他们两人在两年中相继殂没,我感觉自己才算正式跨入了中年。

中年的心境是凄凉的,这时候卧在客舟中听雨,绝对感受不到韦庄所说的"春水碧于天"的意境,所见的大概只有"江阔云低,断雁叫西风"吧!

因此,想起外公,就难免会想起自己蒙茏暗碧的青春年华,我生命力最艳丽的年月,是和他们住在一起的。

就我现在的评价来说,外公根本算不上什么好人,仁厚、慈祥、温良、煦妪,这些形容长辈的好词统统和他沾不上边。相反,他有个凌厉的尊号"阎王",那是我妈妈和舅舅们集体给他奉上的。一个人当父亲当到这种地步,是不是可以算得上失败?

他最怕的是我们占他的便宜,尤其是我们这些外姓的。所以,如果外婆好心给我一点吃的,必定遭到他百般辱骂。他自己的儿孙呢,大概基于孔孟伦理,他不得不有所荫庇,但似乎终究有些想不通。他想不通为什么自己赚的钱,儿孙有天经地义拿去用的权利。他对我的舅舅们最常用的一句控诉就是:"我吐痰给你洗脸哦！我的就是你的，你的我没有份！"

我现在很激赏这句话，认为可以当作惊天动地的战斗檄文。世界上有某些貌似合法的黑社会政权，其实就像我那些舅舅们一样，毫无廉耻地对他们的父亲予取予求，然而生活在那里的人们，却连吼这么一声的资格都没有。它貌似没有文采，可是"吏不必可畏，小民从来不可轻"又有什么文采，我疑心也是汉代那些像我外公一样的半文盲吼出来的，现在却成了经典。

他是个驼子，好饮酒，醉后常在院中骂人，但并不懒惰。每天早上，朝阳初升，我站在人行道上，会看见他一摇一摆的身影融入朝霞之中，行进在去农场的路上。他的脚步是那样的刚劲有力，那时他也将近六十岁了，不知道为什么精力还这么充沛。一直到近八十岁，他的精力似乎都不错。可是后来数年，酒醉摔了一跤，很快垮了下来。去世前几年，几乎都缠绵床榻。然而仍旧对人生有莫大的眷恋，外婆在世的时候，不许任何人在他面前谈死亡的事，因为他害怕。

我并不觉得他的贪生有什么好笑，反而要怨恨造物主，为什么一定要把那些热爱活着的人推向死亡。早知如此，你又为何要生他们？相比那些春秋鼎盛而自杀的情况，前者似乎更加残忍，这相当于杀人。

翻开案边一堆堆的历史书，想到几千年来，中国人就这样换了一代又一代。最悲怆的是，那过往的几千年，一代一代人经历的人生并没有什么变化。祖父过的日子，和孙子过的日子几乎毫无区别。相比现代科技背景下的人生，古今中国人，实在宛如生活在两个星球。

外公大概经历过民国、抗日战争、国共内战、大饥荒、"文革"，真是日新月异，每种经历，它的背景都可以说是沧海桑田，我们简直梦想不到。假若有一天中国人实在不幸，又要经历同样的变革，那细节也会完全不同。这就是现代背景下人生的丰富性所在。

他活了八十九岁，生于一九一九年。那一年的五月四日,北京城很热闹。

乃为之铭曰:

> 生而好饮,无以肉粱。
>
> 醉而好诟,无以暴强。
>
> 弥生黄耉,终有其疆。
>
> 千秋万岁,永闷其光。
>
> 玄泉阴壤,孰侑之觞。
>
> 呜呼哀哉,人世之常。

写春联

在北京,似乎没有家家户户贴春联的习惯,南昌则不然,除夕那天傍晚,不管是住怎样破旧灰暗的泥墙茅舍,也一定会贴上鲜红崭新的春联,放一挂响亮的鞭炮,全家人才会怀着下班样如释重负的心情聚在桌前饮啖。仿佛不这样,酒肉也似乎减了喜气。虽然在我记忆中的很长一段时间内,"吃肉"和"节日"这两个词汇是那样如胶似漆,男欢女爱,搂成一团,拔出枪来也无法将它们拆散。

由于小时候过年一般在奶奶家,记忆中除夕的前两天,村里经常有人请爸爸写对联。我那时也屁颠屁颠地跟着去,看着爸爸在众人的簇拥下挥毫泼墨,宛若电影里才高八斗的书生,挺为他自豪的。除了过年,碰上有人嫁娶,也常请他去写喜联。记得有一次某家嫁女,他不假思索地在红纸上挥出八个字:毂我士女,宜尔室家。我完全不懂什么意思,只朦胧感到有股古朴典雅的气息扑面而至，一下子呆了，激动得浑身打战：天哪！这个才子，他就是我的父亲。我此生何其有幸，遇上这么一个有才华的父亲。他真是太厉害了，写得一手好字倒也罢了，还满腹锦绣，出口成章，天下人都没有我这么幸运！

可惜人的审美能力也是与日月而共长的，上小学、初中的时候，我觉得我们班上最漂亮的姑娘都是那些有官衔的人，班长或者学习委员之类（彼时当班官的，学习一般是尖子），如果她成绩不好，长相也似乎要降数等。同样，当我上高中时，陡然发觉爸爸那一手毛笔字歪瓜裂枣，难看得要命，简直背脊发凉。天哪！当年怎么会有人请他写对联？看来乡下真是太落后了，抓到一个会写字的人就当文豪使。可是我们从书上，不是得知乡下也有饱读诗书的乡绅吗？江有诰、孙诒让、叶德辉，这些人似乎都是以田园为家的呀！

然而，最可怕的还不在这，最可怕的是，我发现爸爸至今还保持着自己写对联的习惯。众所周知，随着商业的发展,早就没什么人家愿意贴手写的春联了,都是买那种印刷好的。不但字漂亮,还有彩色的背景和花边。所以我看见他还手写对联,偏偏字也一点没长进,只怕还有退步,就免不了要讥笑。他倒也不以为忤,总是痛快地承认,自己一生都是失败者,一事无成,字写得不好,算得了什么。

我于是说:"有自知之明,还不去买对联,贴出来也漂亮,舍不得花钱我去买。"我知道他是个吝啬鬼,吝啬了一辈子,在我们那远近闻名。

他摇摇头:"他们的内容不行,我自己拟的句子好。"

这句话让我失笑,因为我之所以取笑他,除了字差之外,更大的原因是他编的联语俗不可耐,还完全不合平仄,狗屁不通,顶多余秋雨的水平。什么"财源如水流我家,金钱似山堆吾屋""门迎四面八方福,户纳东西南北财"之类,年年如此,没半点新花样。他竟敢堂而皇之地书写在红纸上,贴在门两边。红纸簇新簇新的,看上去很喜气,如果它们有灵,也一定会叫屈的。

而我小时候,除了那记忆深刻的"榖我士女,宜尔室家"外,他写得最多的是"天增岁月人增寿,春满人间福满门",这大概是南昌百姓家用的标准春联语了。我很想劝他,不如仍旧写这个,但是想了一想,算了,因为觉得,还是不必破坏他这一年一次的乐趣吧。

妈妈和一个故事

我妈妈据说上过几年私塾，教的是什么我不清楚，但料想不可能是《三字经》《百家姓》，因为她对这些闻所未闻。她也很老实，承认自己读书读不进，老被先生骂。如此当然无可奈何，只好早早参加劳动生产了。

所以，这样的妈妈不可能给我什么知识上的言传身教。我敢说她从没摸过报纸，虽然早些年开始信奉那种农村的庸俗化的佛教，却背不下来哪怕一篇《心经》。这点比外婆差远了，外婆一生劳苦，连私塾都没上过，据说嫁给外公时才十二岁，做饭必须站在小凳上才够得上灶台。早年喜欢看戏曲片，为片中的红男绿女流泪，却从来不想了解字幕上说的什么意思。一直到七十岁信奉基督教，才突然大悟，每天如饥似渴地补习文化课，没多久，繁体竖版的《圣经》竟朗朗可诵。写到这里，我是不是该得出一个谨慎的结论：信奉什么宗教没有高低，但在提高脱盲率方面，基督教似乎要略胜一筹。

记得妈妈给我唯一的文化熏陶是讲故事，而且最重要的是，她平生只给我们兄妹三个讲过完全相同的一个故事，增一个情节则太长，减一个情节则太短。是的，她脑子里的确只有这么一个可怜的故事。我曾哭着喊着要她讲一个新鲜的，她憋了半天，还是拐弯抹角地复述起这个，让人绝望。虽然她对孩子的文化教育满怀热忱，却从来没想到为此去提高自己的文化素养。

好吧，现在我就要复述她讲的那个宝贵的故事了。

从前，有一户人家，家里有一个妈妈，两个孩子（为什么爸爸缺席，不知道）。两个孩子都只有七八岁，哥哥叫门闩子，弟弟叫门搭子（南昌方言，指扣门用的铁钩子）。有一天妈妈对他俩说："今天我要去外婆家，傍晚就回来，会带好吃的给你们，千万不要乱跑。"说完就出发了。

在外婆家，妈妈被留下吃晚饭，很快天就黑

了。外婆劝妈妈第二天早上再走,但妈妈挂念两个孩子,坚决连夜走,结果路上碰到一个野人。野人二话不说,就把妈妈给吃了。吃完后,野人觉得还没饱,就灵机一动,戴上妈妈的头巾,伪装成妈妈的样子,跑到她家去敲门。门闩子、门搭子兄弟已经入睡,弟弟睡楼下,哥哥睡楼上。听到敲门声,弟弟问:"谁啊?"野人逼细了嗓子回答:"我是妈妈,从外婆家回来了,带了好吃的。"

弟弟欣喜地从床上跳起,跑去开门,野人还没等他惊呼出来,就一口咬断了他的喉咙,撕成八块,狼吞虎咽,咯吱咯吱,咬得很脆,吃得很香。楼上的哥哥门闩子也被惊醒了,问:"妈妈你回来了,你们在吃什么?"野人道:"吃外婆家带来的萝卜干。"萝卜干,是美味啊,门闩子当然也想吃。野人听了,就扔了一块上去。门闩子一看,天啊,什么萝卜干,是弟弟的一截手指头。他立刻明白发生什么事了。

这时野人风卷残云吃完了弟弟,觉得还没

饱透，一不做，二不休，就往楼上爬，准备连哥哥也一块吃掉。门闩子吓得满头大汗，正好楼上放着一桶桐油，他急中生智，将那桶油全部倾泻在楼梯上。野人已爬到最后一格，差点就吃到哥哥了，桐油一浇，登时四肢打滑，惨叫一声，从楼梯上摔下去。于是门闩子大叫："天哪地哪，野人吃我亲姊妹哪！天哪地哪，野人吃我亲姊妹哪！"邻居们闻声赶到，将摔死的野人分尸，用油煎了吃。

故事讲到这里就算完了，很不过瘾，高潮部分当然是门闩子大叫的那两句歌谣，还是押韵的。妈妈念到这两句，也来了精神，总是重复念几遍。所以，在古代社会，似乎不是故事包含着歌谣，而是歌谣囊括着故事。而妈妈好像不是生活在20世纪70年代，我感觉这故事携带着她，正呼啸着从远古走来。

南昌按理说不该是个文化贫瘠的地方，为什么妈妈只学会了讲这么一个恐怖的故事，我至今不得其解。

和鬼、死亡有关的记忆

乡下的鬼尤其多，大概是因为乡下的大树太多了，它们在大地上投下了巨大的阴霾。而鬼怪不是躲在黑暗中，就是躲在阴霾下。古代有一种鬼神叫"丛"，陈胜起义的时候，还专门祭祀过它。从字面上看，"丛"本来是草木植被繁盛的意思。人们相信草木繁盛的地方有鬼神，大概就是因为它阴暗神秘，肯定有鬼神驻扎其中。

据社会学家研究，人类潜意识中遗传有怕黑、恐高、畏蛇的基因，不过程度轻重而已。我发现自己这三样都占全了，不但全，而且很严重。小时候，我和弟弟睡一张床，他入睡特别快，我却辗转反侧，最后恐惧浸透全身，有几次忍不住拧醒他，拧得他哇哇大哭。他那时不过六七岁，冬天一双手冻得像萝卜一样，看起来挺让人心酸的。记得鲁迅曾懊悔自己小时候踩坏了弟弟偷偷糊的风筝，我爸爸也曾给我讲过他哥哥小时候在油灯下看《水浒传》，因为害怕不许他睡觉的事，看来世界上当弟弟的人都比较可怜。

很小的时候在乡下，和奶奶一起睡，晚上隔着泥壁听临屋的堂姐们讲鬼故事，感觉很温馨，因为奶奶就在身边，也不害怕。那时候整个家族都住在一栋地主遗下的老屋里，后来才听爸爸说，那个地主是被枪毙的。否则我当时肯定害怕，害怕那地主的鬼魂回来。

对鬼故事我是又怕又爱，就像吃辣椒，辣得很舒服的感觉。直到现在还很喜欢看恐怖片，可惜的是，没有什么像样的恐怖片，能带给我那种辣得很舒服的感觉。除了去年看过的一部《万能钥匙》。

四五岁的时候，曾经整夜睡不着，恐惧死亡的问题，想到人死后就要被装进棺材，从此一万年也不会睁眼，就伤感得不得了。妈妈常常从睡梦中醒过来安慰我，人都是会死的，但你还这么小，怕什么。她的安慰并没有用，但后来我也莫名其妙地释然了。

五六岁的时候，在图书摊上看过《不怕鬼的故事》，很过瘾很过瘾，还想找类似的鬼故事看，于是在图书摊上一本一本地找，翻到一本上面写着《吝啬鬼》。当时不认识"吝啬"两个字，但看见有一个"鬼"字，判断是鬼故事无疑，于是欣喜地交两分钱租了，坐在小板凳上看。却发现书里一页页画的都是外国人，翻到最后一页，也不见一个鬼出现，沮丧得不得了。现在想来，那本小人儿书讲的大概是葛朗台的故事。

七八岁的时候，堂姐说，她曾经看见她死去的外公坐在橱柜上吃饼。坐在橱柜上，已经够恐怖了。可是为什么要吃饼，我想不通。大概那时饼还是奢侈品吧，所以想象中鬼也爱吃饼。看来，物质缺乏的年代，小孩子也羡鬼的。南昌有个俗语，如果找不到一件平时常用的东西，觉得很奇怪，就会喃喃自语："难道有鬼吃饼？"不知道这有什么寓意。我怀疑堂姐所谓鬼外公吃饼的说法，其实是来源于此。

初中的时候，奶奶生了重病，卧床不起，爸爸、妈妈为了家里房屋被城管暴力拆迁的事在外奔走，整夜不归家（当然奔走也没用，住了近二十年的屋子还是被暴力拆掉了，一分钱赔偿都没有）。我们兄妹几个害怕，硬拉了爷爷一起陪着看电视，爷爷道："要是真有鬼，我哪里打得过它？"他说得很有道理，可是没关系，多一个人，面对鬼的时候，总要多一分力量嘛。

少年时暑假去乡下，最怕的就是过七月半，说是有半个月都是阎王殿放鬼的时间，这半个月必须早早睡觉，不要出门走夜路，否则会碰到鬼，搞得我们这些孩子人心惶惶。在城里却从来没有大人这么告诫过我，大概仍是乡下的树太多，鬼太多的缘故。

因此我想一部历史小说，如果不涉及当时的人类对鬼神的观念，那一定不算好小说。鬼神，是和两千多年来的乡村中国何等密切的一个东西啊！

和姨父一起洗澡

古代人肯定没有现在人洗澡那么勤,不是因为懒,而是因为除贵族外,一般人都不具备这条件。尤其是冬天,换件衬衣都要思量千回地痛下决心,何况长时间暴露在空气之下,以水淋身。我就是这样,南昌的冬天没有暖气,我们住的又是低矮的平房,家用厕所和盥洗室皆未梦见,如果没有妈妈的贿赂,整个冬天,我绝不会让带着体温的衬衣片刻离身,更别提洗澡了。

但是有一个冬天,妈妈对我皴黑的脖子实在看不下去了,按她的说法是"结了壳",光换衬衫已经无法满足她洁癖的需要。终于,她给了我五角钱,让我带着衬衣,到位于中山路附近的公共澡堂去洗一个澡。为了诱发我的热情,她还首先声明,洗一个澡只要花两角钱,剩下的归我。

谁受得了这么巨额的金钱诱惑?要知道,那时看一场电影只要一毛五,买包糖豆子不过四分啊。于是我知难而上,腋下夹着冰凉的衬衣,按照妈妈指点的路线,在黑魆魆的街道上,开始了寻找那个澡堂之旅。不像现在,那时我认路的本领非常高超,大致地点很快就走到了,然而,我来来回回,却怎么也找不着妈妈所说的澡堂。

当然这要怪我,妈妈要我去洗澡的时候,说的并不是"澡堂"这样一个粗俗的称呼,而是很文雅的词汇:浴室。但那时我并没有充分理解,而且误解了。在南昌话中,"浴"和"肉"的发音是一模一样的,我没什么文化,并不知道洗澡还有"浴"这样一种文雅的说法,更不认识"浴"字(可见那时我顶多上二年级),脑子里记住的是"肉室",字面分析起来,也很有道理,洗澡不是要脱衣服么?脱光了不都是肉么?把澡堂称为"肉室",就像古人说的,美矣,适矣,无以复加矣!

所以,其实我在那条街道上去意徊徨,三次看到了大门上"浴室"两个字,竟然过其门而不入,可以和大禹媲美，最后我绝望地回到家，气咻咻地对妈妈抱怨道："那条街上哪有什么肉室？害我白跑一趟。"

妈妈也很奇怪，因为她推酱油车，南昌市的大街小巷都熟得不得了，绝不会错的，但也无可奈何，逼我第一次洗澡的企图从此破产。

过了几天，在江西化纤厂工作的姨父来外公家做客，妈妈就提到让我去浴室洗澡的事，说我懒惰，故意说找不到。姨父豪爽地说："洗澡，还要花钱啊，扯卵蛋哦。走，跟我去厂里洗，一点都不冷。"

妈妈当然喜出望外，求之不得，当即去橱柜里翻出我的衣服。于是在姨父的带领下，我们高高兴兴地往江西化纤厂奔去，等到被姨父带到澡堂门前，看到上面写的"浴室"两个字时，我才傻了眼，原来当文盲是这么容易吃亏的。

在充满蒸汽的浴室里洗澡真是太舒服了，无可形容，那天我足足搓下了几两垢甲，整个人面貌为之一新，对人生充满了希望，以至于小小的我就在心里慨叹：当工人，真的是太好太好了！

洗完澡后，姨父又带我去吃了一顿好吃的，还特别叮嘱："以后要洗澡就来找我。"

我不记得以后还有没有去找过他洗澡，但是知道他是个很好很好，很大方很慷慨的人。现在他已经退休了，工厂效益不好，退休工资不多，过得不怎么如意。他的孩子，也就是我的表弟也在一个工厂打工，结了婚，据说买不起房子，和他住在一块。回南昌过年的时候，曾经见过他几次，他总是闷在一边，不怎么说话，和以前慷慨豪爽又多言的性格大相径庭。我知道原因很多，有一个他可能不会承认，也不会理解，但我认为这个原因并不那么牵强，那就是他再也不能在子侄辈面前豪爽地说这么一段话了：

"洗澡还要花钱啊，扯卵蛋哦。跟我去厂里洗，一点都不冷。以后要洗澡就来找我！"

读诗词的回忆

这件事在我的脑子里一向很凌乱,但很华美。

小学的时候,读教材中的古诗,就天然地爱上了它。不知道是因为它词句好,还是因为它音节谐调,总之就是很喜欢了。记得平生读过的第一首诗大概是《登鹳雀楼》,鹳雀是种什么鸟,我至今仍不清楚,但诗总是好的,据说是唐人五绝的压卷之作,对中国的儿童来说,应该也有莫大的意义,我这么说是推己及人的猜测,并没有代表别人的意思。

不过像我这样蓬门小户出身的人,有诗读的机会实在太少,家里除了课本,哪里还能找到带字的东西?否则我会风卷残云一样吞下去。所以,灿烂的童年时代,我没有记诵到几首诗。中国人一直生活在衣食困顿之中,对纯粹的美并没有任何渴望。过年时裁剪几件新衣服穿,四处串门,当然也不能说不是追求美,但这种美并不纯粹,还停留在简单原始的生存层面。而这种生活一旦形成了习惯，就很难逆转了。现在人衣食不忧，愿意花成千上万的钱去买衣服、买吃买喝的人所在多有，愿意花不到前者零头的钱去买书的，我很少见到。曾经随喜到一些人家里去做客，房子大多装修得富丽堂皇，麻将桌有几张，但除了他们孩子的八股课本，找不到一本像样的书。所以，要说中国人因为衣食困顿而丧失了对纯粹美的追求，似乎也不够确切的。

上初中了，有一天是历史课，听老师讲到李清照、辛弃疾，说他们是伟大的词人。我想，词人是种什么东西，读了几首词之后，很不喜欢，猜测他们大概是没有本事把句子写得整齐的一类。我那时觉得，句子能写得整齐才叫本事。词人的文化修养肯定要低一些，遣词造句的本事也要低一些，句子才会写得那么参差。

曾经很垂涎初中同学家里的《少年文艺》《儿童文学》，经常苦苦哀求他们借给我看，但总是不肯爽快。高一的时候，不怎么爱看那些书了，向同学借书的难度一点没有降低。有一次，某同学破天荒慷慨借给我一本《白居易的故事》，故事本身倒没什么，但我被里面摘录的部分《长恨歌》迷得七颠八倒，那诗写得，多美轮美奂啊！自然很有看到全璧的渴望。我知道他有全本，然而他就是不肯借给我。还记得有一次元旦联欢，他表演的节目就是朗诵李白的《将进酒》，其实具体内容我没听清，只记得节奏铿锵，长短句高低错落，非常好听。我又求他把全诗给我抄一遍，仍是无功而返。

那时好些同学都有一个私人的小笔记本，上面抄满了我们引以为豪的知识，什么世界七大奇迹啊，各国国花啊什么的，我也向他们借来过录。有些东西虽然很拗口，我现在还能倒背如流。同桌是第四机床厂的，说是可以从厂里图书馆借书。他为人不错，有一天他从厂里借了一本《唐人绝句选》给我，我如获至宝地看了几遍，那可能是我读过的第一本完整的古诗选，以至于现在还能背诵里面很多蹩脚的赏析段落。

但最有印象的是后来他抄给我看的一些词，其中有三首至今在脑中还栩栩如生：

花褪残红青杏小。燕子飞时，绿水人家绕。枝上柳绵吹又少，天涯何处无芳草！

墙里秋千墙外道。墙外行人，墙里佳人笑。笑渐不闻声渐悄，多情却被无情恼。

六曲阑干偎碧树。杨柳风轻，展尽黄金缕。谁把钿筝移玉柱，穿帘海燕双飞去。

满眼游丝兼落絮。红杏开时，一霎清明雨。浓睡觉来莺乱语，惊残好梦无寻处。

红藕香残玉簟秋。轻解罗裳，独上兰舟。

云中谁寄锦书来，雁字回时，月满西楼。

花自飘零水自流。一种相思，两处闲愁。

此情无计可消除，才下眉头，却上心头。

当时简直是震惊了，这些古人，怎么会写出这么好的句子？写得这么好，这么美，这么直透人心，就算句子参差不齐，又算得了什么？后来我才知道，词是按照词牌来填的，是什么词牌，就得按照规定的字数来,并不是人家文字能力不行,写不到诗那么整齐。

我日渐发现词是比诗更让我热爱的一种文学形式,热情像天风海雨一样沐浴了我的全身。从此之后,我骑着自行车跑遍了南昌市的书店,用妈妈给的微薄零花钱买了好几本书。第一本就是上海古籍出版社绿皮的《白居易诗选》,回到家,我首先翻到《长恨歌》,一口气读了下去,不过瘾,再读一遍,还不过瘾,三读。很快我发现把书扔下,也可以朗朗上口了,那时很少有诗词经得住我三读。

这本《白居易诗选》从此成了我中午课间的消遣,但过了一段时间,我又感觉很不满足,打算去开辟新的货源。有一天我来到了新华书店,在开放的书架上翻到一本徐中玉编的《大学语文》,发现里面有我早想读之而后快的《滕王阁序》,还有李煜的两首词《虞美人》《浪淘沙》,心中大喜,认定世上绝对不会有比它们还经得起诵读的文章,然而翻翻书价,要两块钱,又凉了半截。我买不起,于是站在书架边,也不管别人,把整篇《滕王阁序》和李煜那两首词硬生生背了下来,然后满足地回去了。

这是一个很难忘怀的记忆,后来我还在书店的书架边强记过几次,直到妈妈给我的零花钱多了些,我才相继买了花城出版社的"巾箱本"《宋词》,上海古籍的绿皮普及本《诗经选》《楚辞选》《唐宋词一百首》,赭皮普及本《读词常识》《读曲常识》,这些宝贝我都偷偷藏在自己放课本的抽屉里,上面用正经书盖住。但是有一天仍被父亲发现了,他暴跳如雷,把它们沿书脊全部撕成两截,上面还书下了他怒气冲天的评语:"看淫词艳曲,浪费青春,浪费生命,可耻可悲!!!"三个重重的感叹号,触目惊心。这种夸张的文风和标点符号的使用方式,不知道是不是"文革"中他从各处的大字报中学来的。

我没有任何能力和他对抗,只能含着热泪把那几本凌乱的精神财富偷偷捡起来,用胶水粘上,重新收藏。能做到这点,还得感谢父亲一向的悭吝,虽然我那些"毒草"书为他所不喜,但毕竟是花钱买来的,也不算真正的黄色书，他撕的时候，肯定就给我留下了黏合的余地：不管怎样，钱不能白白浪费掉！我肯定，这种猜测没有冤枉他。

父亲的悭吝之有名，可以从另一个角度中看出来，我们兄妹三个都为此达成过共识，私下里叫他"铁公鸡"，记忆中我自小到大，总共不曾从他那里得到超过五元钱的数目，如果没有亲爱的母亲对我的纵容，今天的我不知道是什么样子。

有时我想，美国人为什么不早十几年发明互联网呢，只要鼠标一点，无论怎样华美的古代文学典范作品都出来了，那样的话，将会解决多少孩子的苦恼！

恐高症

我的恐高症是在小学的某一天显现出来的。

进顺小学的旁边是江西省公路管理局,从公路管理局的西墙翻过去,就是江西印刷厂,从印刷厂再翻墙出去,就到了一个南昌人称之为"壕沟"的地方。千万不能顾名思义,认为它是一条子孓丛生,苍蝇飞舞的小阴沟。它起码有十米宽,数百米长。离我们学校很近的那段,岸边有一列小丘,红土斑斓,据说埋了不少古往今来的尸骨,一般人晚上等闲是不敢上去的。有一次还相传它杂草丛生的水滢边出现了所谓的"私伢子",懂事之后才明白那是男女通奸所生的孩子,无力哺育而扔掉的。壕沟边大多是菜农开垦的菜地,春天时开满了油菜花,我曾在那用橡皮熬的胶粘过蝴蝶,一早上收获颇丰。最后却很苦恼,粘了这些蝴蝶有什么用?那里也有几棵梧桐树,枝繁叶茂的,散落在菜地间。最大的还有一棵歪脖子的苦楝树,非常老,张着黑漆漆的树洞,孤零零地矗立在小径边,据说树洞里有蛇。小姨带我去观赏"私伢子"时路过,还特意揪着自己头发,拉着我快跑,说蛇会数人的头发,就算没被它咬着,被它把头发数清了,也难逃一死。

这就是壕沟给我的记忆,经久靡忘。写小说的时候,环境的描写常常写不到这么真切,因为虚构一个故事的时候,免不了顾此失彼,把环境氛围的铺叙和故事结合得极为紧密的小说,至少在中国不多。

这么大水量的一条河,或者至少可以称之为一个极长的湖,为什么叫壕沟呢?我没研究过南昌历史,不知道它早先是不是挖来捍护城墙的。

有一个初夏天气,不知为了什么事,学校提早放学,留级生小万就提议:"不如去壕沟里游泳。"我正好在上一年的暑假,以差点两次淹毙的代价学会了游泳,自然想小试牛刀。何况天气确实很热,和课本上写的"阳光灿烂,万里无云"的标准相合,能在水里嬉戏消暑,自然是极快乐的事。于是在小万的带领下,我们一行五六个人出发了。

很快来到公路管理局后面那堵矮墙边,小万身先士卒,踏住一个墙洞,轻松地翻越了过去,接着是留级生大吴,接着是优等生小王,二等生小严,留级生小应,最后优等生小吴对我说:"你个子最小,我殿后,你先上。"

在优等生小吴的帮助下,我双手攀住墙头,踏着砖缝,上面留级生小应又用手拉着我,顺利地让我翻了上去,骑到了墙头上。我满心胜利的欢喜,往墙外一看,当即大吃一惊,天啊,这墙怎么这么高?太高了,简直是下临无地。我立刻像嗑药一样发晕,身体前倾,像狗一样伏在墙头上,两手死死抱住墙,尖叫道:"不,我不下去,我怕。"

留级生小应站在墙下,张开双臂,以一种拥抱朝阳的架式劝诱我:"这么矮的墙,有什么可怕的?把手给我,我接住你。"

我死活不肯给他手,感觉只要一松开抱住墙头的手,就会立即摔下去。如果那时我能看见自己,也会为自己羞愧。肯定是脸色发白,不停地觳觫,好像马上要被枪毙。留级生小万见我这个德性,哈哈大笑:

"算了算了,小吴,你在那边扶他下去吧,让他一个人回去。"

公路管理局那边的地面要高些,虽然我照旧看着发晕,但终究不能在墙头上过夜。优等生小吴和我同龄,却身强力壮。在他有力的臂膀帮助下,我战战兢兢往下爬,双脚落地的一刹那,像从孤岛惊魂中脱险那样松了口气。只身一人趴在墙头上,无依无靠,确实像置身于孤岛一样啊!

优等生小吴三下五除二爬上了墙头,他骑在墙头像关羽一样向我抱拳:"我去也。"就腾地一纵身,消失在墙外,像一颗流星。我怅然地望着墙头,很迷惑为什么他们都这么狗胆包天,一点都不害怕。又叹了几口气,孤零零地一人往回走。想象刚才一伙人行军的热闹,真觉恍如梦中。

第二天,他们在一起热闹地谈论着游泳的快乐。但快乐是他们的,我什么也没有。

多年后,我知道自己的这种恐惧有一个专门的名称:恐高症。

害怕黑暗

一直很害怕黑暗，所以对发明电灯的人要稽首拜手，不知道农业时代的中国，像我这么胆小的人是怎么过的。若是家财百万，良田千顷，连房洞闼，可以养得家仆如云，倒也好办，晚上可以有人站岗。可是对那些田无半垄，数米而炊的人来说，简直全无生趣。

小时候家里经常停电，点着油灯，比纯粹的黑暗还可怕。昏暗的灯光照在斑驳的墙壁上，感觉鬼影幢幢。每次灯光一亮，才觉得回到了人间，连冬夜的寒气也仿佛驱散了似的。在北京几乎不停电，但也有过几次，每回我都是下意识地夺门而出，伫立在校园的夜空之下，才惊魂稍定，就算有鬼，也不会把我堵在门内。

由此想，盲人是不用怕鬼的了，因为他不知道白天还是黑夜，就算有鬼，也见不到。

其实我是不相信鬼的,打下这几个字的时候,我希望不会因此招致什么后果。某些中国人信仰这样一种风俗:千万不要自吹我从不丢东西,千万不要自吹我开车从未出事,否则下一次就会反方向应验。实在说漏嘴了呢,则要连吐几口痰,高呼童言无忌,算是禳解了。还记得看过一个故事,说魏晋时代有个人叫阮瞻,是竹林七贤之一阮咸的儿子,他有一句著名的话叫"将无同",也因此被称为"三语掾"的,他就死活不相信有鬼,那些相信的人苦口婆心来劝说他,以身说法,却架不住他巧舌如簧,把那些人全部驳了回去。某日晚上,又有陌生客找上门来跟他论辩,阮瞻仍坚持无鬼论,客人口才很好,却不敌阮瞻,最后戏剧性的场面出现了,客勃然作色道:"鬼神,古今圣贤所共传,君何得独言无!即仆便是鬼。"随即变成了一只鬼,像烟一样消散。阮瞻惊吓成疾,未几夭折。

可见说话过于绝对,是有害的,还是孔老二狡猾,说"敬鬼神而远之"。既不说有,也不说无,教你难以罗致罪状。

祖父死的时候，我借住在一亲戚家里，犹自老会幻想，要是他突然乐呵呵地站在我面前，该怎么办？我深知一切都是自寻烦恼，然而没有办法消除。

有一次看好莱坞电影《1408号房间》，说这个宾馆房间是鬼屋，相继有不少人在此屋跳楼。主人公不信，罔顾宾馆工人劝阻，强行入住，果然出现一系列幻觉，见老少男女几个神情诡异地看着他，掠过他身旁，径奔窗户，相继跳楼。主人公大惊，趴到窗台上鸟瞰，却只见几点幻影，飘散空中，好不可怖。看完这电影的第二天，我正好在外出差，一个人住在宾馆，老担心会有鬼也在我面前跳楼，于是大开着灯光，度过了惊魂一夜。自然睡得很差，第二天萎靡不振。

但有时候我胆子又非常大，窗户稍微漏有一点微光我都睡不着，那时候，我可能神经比较强健吧。

小时候怕黑睡不着时，就将被子蒙住头，一会也就睡着了。现在这招数早就不灵便，一则气闷，二则入睡速度太慢,在这过程中,我早被自己的想象吓得半死。我由此很佩服那些一倒头就能发出鼾声的人,或者说,不是佩服,而是嫉妒。人的智力之完善很可怕,童竖时相信鸵鸟政策有用,长大了却明白,一层薄薄的被子无论如何也挡不住鬼的进攻。

这正如人小时候会尿床,大了却不会。

其实除了尿床之外,人的童年比成年要过得欢喜。

做苦力

大约在高二的暑假，爸爸说："长这么大了，不能老吃闲饭啊，跟你妈妈去工厂打工吧。"

于是就跟着妈妈进了南昌进顺汽水厂，一个乡镇企业，那个时代相当盛行的，我妈妈那时是进顺村的一个普通社员。

做汽水的流程是这样，一个人推着满一车的旧瓶子进车间，两个人把瓶子一箱箱倾泻进铁池子里，声音清脆。池子里满是掺杂着高锰酸钾的热水，四个人围住它，用长长的塑料刷从瓶口插入，将瓶子初步刷洗干净，放到铁丝网上，另两个人分别将它们一只只瓶口朝下插入装有塑料刷子的机器上。机器不停地转，刷子也不停地转，勤劳地刷洗着瓶子的内壁，同时喷出清澈的淡水。最后一个人则负责把瓶子一个个拔出来，平稳地放在机器传送带上，沿着墙上的一个孔传送到隔壁。隔壁的机器也不断旋转，给每一个晶亮的瓶子灌满汽水，加盖，贴商标，装箱。这就是做汽水的全部流程。

我在洗刷车间，洗瓶子的各种流程我都干过，其中最恐怖的，莫过于初步洗刷和放瓶子上传送带。前一种得将手整天泡在高锰酸钾溶液里，一天下来，整个手掌发黄打皱，像脱水的黄菜叶。这还不算，由于倒瓶入池的时候，免不了会有瓶子破碎，而兑有高锰酸钾的池水污浊不堪，仿佛阴沟一般只能看到表面，所以被瓶子划伤手指的事是经常发生的。常常手在池下捞着捞着，手指一痛，就知道挂彩了。然而不能停，贴一张创口贴，一切继续。至于放瓶子到传送带上，得有非常的速度，机器一直开着，瓶子必须紧密列成队伍，才能加快灌装速度。每天灌装的任务有定数，不做完不能收工。这种活，一个肉体之躯，短时间还能支撑，时间一长，简直感觉生不如死。监工像狗一样在车间外游弋，看见你手脚稍慢，就要大声呵斥。我曾见有一个人坐在池边洗瓶子，因为体力不支，捡了一个木箱子垫在屁股下，意图让自己稍微舒服些。监工马上跑过来，将其屁股下的木箱一把抽去，扔到几丈外，嘴里骂道："干活还想舒服。"村干部们则悠闲地坐在车间外喝茶抽烟，欣赏着奴隶们的劳作，有着说不出来的惬意。

一天洗八小时瓶子，像机器一样运转，已经是吃不消了。好不容易熬到将近下班时分，干部会突然踱进来，说由于天气炎热，汽水供不应求，所以必须再做够两百箱才准收工。这话让所有的人心中凉一大截，愤怒地低声咒骂，最后却仍旧老实地埋下头，继续洗起那该死的瓶子。而这种加班绝不是罕见的。

我充分领略了每天干十二个小时苦力的辛劳，收工后骑车带妈妈一起回家，之后我就躺在床上昏死过去，蚊子再多，天气再热，也不能影响我的睡眠，而妈妈还要做饭。做人是如此的毫无乐趣，她或者也觉得，可是肯毅然弃绝的人终究不多，这也是世间的邪恶能一直持续下去的原因。

月底领到三十块钱的工钱，略微有一些欣喜，虽然我现在写到这，感觉心中一阵抽搐般的疼痛。这种工我不过做了两个月,妈妈却做了几年,那几年之外的其他时间,她做的工也并不比这轻松多少。

几年后,我在北大大讲堂第一次看卓别林的电影《摩登时代》,看见他拿着一个扳手在机器前不停地做着拧螺丝的机械动作,我哈哈大笑起来,但突然又想起了那些在传送带上飞驰的汽水瓶。

两个回忆

我念的小学是一个村办的小学,地方很小,只有几间平房,坐落成曲尺形,据说原先是村委会的办公室。生源也少,除了村里社员的孩子,就是少数附近国家机关的职工子弟。因此,每个年级只有一个班。当我后来屡次在《少年文艺》上看到一(三)班、五(二)班这样的名称时,由起初的不解很快转为由衷羡慕,怎么回事,人家的学校为什么那么好,那么地大物博,人口众多?现在想起来,都不理解自己那时为什么会有求大求众的心理,难道真是祖先遗传下来的基因?

学校的教室很简陋很简陋。地是泥土的,凹凸不平,每天值日生打扫,都得先喷上水,否则会黄尘弥漫,别想呼吸。窗户上没有玻璃,夏天倒无所谓,透气,冬天则不行,于是老师叮叮当当给它们钉上两三层塑料薄膜。但在朔风怒号的日子,塑料薄膜会吹出一个个洞,残破的薄膜片在风中发出哗啦哗啦的响声。久之,终于抵挡不住寒风的猖狂进攻,呼的一声,像白鸟一样飞进教室。我们要赶紧趴在课桌上,否则作业本会和它共舞。条件是如此艰苦,生活是如此不易,但因为每周从《中国少年报》上都能读到美国青少年思想空虚,跳金门大桥自杀之类的消息,因此觉得那时的条件已经是来之不易。如果没有无数革命先烈前仆后继,抛头颅,洒热血,我们哪里能坐在这里安静地读书?于是心中对领袖,对国家充满了感激之情。

最有印象的是教室里悬挂的白炽灯,一旦碰上浓云密布的阴天,灯就会打开,发出昏黄温馨的光。在这老电影般的背景下,沉默寡言的高才生小王出场了。他穿着一身打满补丁的蓝布衣服,背着一个打满补丁的破旧书包,提着一柄破烂的黄油布伞走进教室,将书包往同样破烂的桌肚里一推——想起来宛如幽灵。

我不记得自己那时是不是也穿着打满补丁的衣

服,但高才生小王一定是。

终于有一天,优等生小严忍不住评论道:"你怎么老穿破破烂烂的衣服。"小严家是旁边公路管理局的,比农民的日子要好过不少。

高才生小王沉默不语,他的同桌中等生小陶却不高兴了,他打抱不平:"你屋里(家里)有钱好啵,你爸爸肯定是大地主,打倒大地主!"小陶的牙齿缺了一块,口号喊得嘶嘶作响,像一条响尾蛇。

优等生小严一下子蔫了,"我屋里也很穷。"他无力地辩解道。

那大概是1979年前后吧,中等生小陶一句简单的口号,轻而易举地维护了穷人的荣誉,让八岁的优等生小严深深感受到拥有财富的羞耻。孔子曰:"衣敝缊袍,与衣狐貉者立,而不耻者,其由也与?"看来,中等生小陶和先贤子路是可以划归一类的。

这幕场景在我的脑中异常深刻。

转眼到了九十年代初,我上大二,有一天几个同学坐在教室里聊天,不知扯起什么话题,中等生小黄突然评价起中等生小楼的衣服来:"你家真有钱,穿这么好的衣服,一件起码得两三百。"

我陈旧的脑袋里,马上浮现出童年的记忆,以为中等生小楼会反唇相讥:"你家才有钱,你们全家都有大钱,你爸爸是大地主,剥削分子。"然后中等生小黄的脑袋会像热乎乎的牛粪一样耷拉下去:"我家也很穷,我爸爸不是地主。"

但是,中等生小楼的回答彻底颠覆了我昏黄的心灵世界,他理直气壮地说:"有钱怎么啦?我家就是有钱,就是比你家富,我就是要穿好衣服。"

而中等生小黄则羞惭满面,一言不发。

我傻眼了,这才发现,在短短的十二三年间,中国已经变成另外一个世界。真的,我真是因为这件事才明白这个道理的。

舅舅的录音机

小时候觉得，最神奇的东西莫过于电视机。

第一次看到电视，是托了外公家租户老姜的福。老姜据说是干翻砂的，但只翻一样东西：秤砣。我亲眼见过他们作坊里一堆堆新鲜啪活的秤砣，至今仍想不明白，为什么做秤砣也能谋生。就算每家每户都买一个——这显然不可能——那样的铁疙瘩，一百年也用不坏的呀！

但好像翻制秤砣挺挣钱。有一天老姜就吩咐他女儿，带我们几个小孩去主任家看电视。据说那台电视老姜出了大半的钱，可是只能摆在主任家。"主任"，我记得他当时的发音就是这样。但老姜一家都是没户口的，为什么也有自己的"主任"，我不明白。或者应当是"主人"，不过，我们早已生活在人民翻身做主的新社会，又怎么可能有"主人"呢？

出乎我意料的是，我发现那个主任是个五十来岁的老妇，看上去不苟言笑，让人敬佩。想想啊，以一女流之身，能当上主任，并能将他人出了大半钱的电视机，强行摆在自己的房间里载歌载舞，多少还是有些本事的。总之我当时很敬佩她。

我们坐好，主任一按按钮，电视机荧光屏就亮起来了。好啦，不扯废话，开始看电视。

那天整个晚上都是播一位老人，播他的一生，革命啦，批斗啦，冤死啦，火化啦，播了一遍又一遍。电视机很小，顶多十二寸，而且只有黑白两色，可我们看得津津有味，直到荧屏上现出两个字：再见。我仍旧像春游归来一样恋恋不舍。荧屏上随即出现了雪花点，发出"吃啦吃啦"的声音，我站起来，偷偷伸出两根贱货般的手指头摸了摸，冰凉冰凉的。这容易理解，我这一晚上的耐心，并非因为那电视节目，而是来源于对电视机这种神奇之物的尊敬，当然必须摸它一摸。

后来还去主任家看过几次，记得最清楚的有《柳暗花明》《爱情与遗产》《傲蕾·一兰》，之后主任渐渐显得不耐烦，于是也就不敢去了。

在这种情况下，自然非常盼望自己家里能有个电视机。然而要五百多块，那时我父母月薪都只有三十多，五百，显然是个天文数字，想起来只有绝望。

可万万没想到，第二年外公家很快满足了我的希望。那年初行包产到户，他和舅舅们一年竟然分了五六百元，于是毫不犹豫去商店搬回了一台电视机，日立的，从此我们就和它依偎相伴，度过了多姿多彩的童年。

该说到正题了。

录音机很早时候就进入过我们的视野，地位却一直远远不及电视机，很简单，因为电视机同时愉悦眼睛和耳朵，录音机虽然能录能唱，却究竟也只在愉悦耳朵上翻花样，境界不高，气魄不大，而眼睛是心灵的窗户啊！你说，它录音机拿什么去跟电视机争强？

当然不可否认，录音机也的确有它独特的娱乐功能。《墨子》里面有个故事说，有个人喜欢唱歌，总觉得自己唱得好听，扬扬得意。终于有个直率的人告诉他,你的声音很难听,听到你唱歌,我们就想逃跑。他不信,跑到山谷里去唱。山谷把他的歌声及时传了回来,他觉得实在很好听,于是认为别人都在嫉妒他。

这点我们知道,他是冤枉了别人,早在上大学的时候,我们班就有不少人热爱在水房唱歌,因为水房回声大,再瘦骨嶙峋的歌喉,都能修饰得很肥白丰满,于是那些人被我们称为"水房歌手"。如果《墨子》里的那人能有一台录音机,把自己的声音录下来,那管保他会羞愧的。

我们当然也想听自己的声音,可是不能够。终于有一天,舅舅要结婚了。

那是我最小的一个舅舅,他结婚的时候是一九八四年,社会的车轮已经隆隆奔驰到了不买录音机不好意思结婚的时代,小舅舅既然不想独睡,就只能咬紧牙关去买一台。

新录音机提回来的时候,我饶有兴趣地趴在他身边,看他调试。他七弄八弄,终于让我听到了自己难听的声音。不过我没有羞愧,因为早在一年级的时候,老师就告诫我们要树立远大目标,当一个科学家,为实现祖国的四个现代化贡献力量。声音不好听,并不妨碍我为祖国做贡献,所以我很无耻地付之一笑。接下来,舅舅开始要给我们放磁带,那是我第一次看到磁带,舅舅得意地说,那是从同事那里借来的,香港经典歌曲。

我崇敬地看着他,多伟大的舅舅啊,还有同事。在这里我不得不提一下,小舅是个牛气烘烘的纺织工人,拥有高贵的城镇户口,他的未婚妻也是城镇户口。他长得也一表人才,身手很矫健,曾经把一个弩劣的邻居打得满头是血,是我童年时的偶像。我的大舅舅虽然也是公交公司的工人,可是他不善交际,一个同事也没有;或者说,他虽然同事很多,却像商纣王一样众叛亲离,自绝于人民,相当于没有同事。而且重要的是,他的老婆仍旧是农村户口。我的二舅舅呢,则夫妻俩都是卑贱的农村户口,自然也不配有同事。只有我这个小舅,才活得像个八十年代的新青年。

小舅把磁带往机器里一塞,按下了按键,我以为悠扬的乐曲声就要喷薄而出。但让我大跌眼镜的是,喇叭里竟然飘出了一阵哀乐。这哀乐我很熟悉,每次有国家领导人逝世的时候,我总能在无所不在的宣传机器里听到它。这算怎么一回事?我呆了一会,马上爆发出爽朗的笑声,"舅舅",我对他说,"这就是你说的香港经典歌曲?"

舅舅也傻了,赶紧再次按下按键,自嘲地说:"拿错了拿错了,好啵,有什么好笑的。那个扇头(傻瓜),怎么给我乱拿磁带。"

可是我还是忍不住地笑。一直到今天,时间已经过去了二十五年,我想起舅舅这件事,依旧会哈哈地笑出声来。

考试恐惧

早晨醒来，感觉依旧很困，又蒙上脑袋继续睡，迷迷糊糊就进入了梦乡。恍若在大学校园，和一个同学到处找考场，怎么也找不着，要考的似乎还是中学的科目。梦境真是丝毫不讲逻辑。

在校园转了半天，最后在一个老师的热情带领下，我俩终于找到了考场，但转而又忧心考试怎么过关。因为这个科目几乎全是要背诵的，我记得自己一篇也没有背。我害怕试卷拿到手，一道题也答不出来。于是教室还没跨进去，一着急就醒了。

这不是我第一次做类似的梦，十几年来，我都不记得做过多少次。醒来之后才会额手称庆，自己已经再也不用参加任何考试了。而对考试的恐惧，之所以至今还会时时出现在梦里，大概除了证明自己是一个差生，没别的原因。

韦庄有一首写梦境的《女冠子》是这么说的：

> 昨夜夜半，枕上分明梦见，语多时。
>
> 依旧桃花面，频低柳叶眉。
>
> 半羞还半喜，欲去又依依。
>
> 觉来知是梦，不胜悲。

他写的梦境是美好的，和我有天壤之别。但醒来之后呢？依旧天壤之别。我估计如果能换，他一定巴不得。毕竟梦中的快乐是虚的，醒来后的庆幸才实实在在。所以如果他那首词让我作，我就会这么写：

> 今日平旦，枕上分明梦见，跑多时。
>
> 考场天涯远，心中暗苦悲。
>
> 考前未复习，捧卷定呆痴。
>
> 觉来知是梦，喜滋滋。

记得上小学的时候，自己还是个优等生，到了初中，第一回期中考试，第一堂是考"政治"，拿到试卷完全傻了，尽是填空、名词解释、问答，根本答不出来。几天后，我们做课间操之时，班主任朱老师急速走到我身边，用怒气冲冲且大失所望的口气说：

"你怎么搞的？作为一个副班长，政治只得了三十六分。"我的课间操动作顿时停止了，羞惭得手脚都不知往哪放，苍天啊！怎么没人告诉我，"政治"这种科目，是要死记硬背的。

那次的"生物"科也是如此，不及格。乃至后来有一次我上生物课迟到，那个女老师要我罚站，而听同学检举我竟然是副班长，大吃了一惊，犹豫半刻，大概是觉得对"领导"还是应该给些面子，竟然免去了对我的惩罚。

死记硬背以应付考试的方法，完全颠覆了我之前的逻辑。因为上小学时，没有一门课是背诵的，可那时次次几乎都是满分。中学，你他妈的真是与众不同！我那时诅咒道。

人不能两次踏进同一条河流，也不该两次犯同样的错误，当然，蠢货除外。我感觉自己并不蠢，于是期末考试之前，我也效法同学狂背，那当然，我洗刷了期中考试的耻辱，几乎都是满分。

但我并非一个爱学习的孩子，曾经怀疑自己有多动症，怎么也坐不住。成龙说，中国人是需要管的，我感觉自己就是这样。有一个坚实的证据就是，初二时，我们的代数和几何分别由两个老师教。教代数的是个瘦弱的中年妇女，她的课堂上人声鼎沸，宛若集市。我也旁若无人地与同学交谈，或者在课本上画画。教几何的，则是一个刚毕业不久的大学生，这家伙厉害，课堂上鸦雀无声，谁要是稍微发出点声响，一个粉笔头就飞过去了，有时甚至扬手就是一巴掌扇到你脑壳上。我也只好认真听。结果数学考试，我代数部分只得十几分，几何则几乎满分，回回如此。有一次班主任朱老师奇怪地说，都是数学，怎么你的脑子就对代数这么迟钝呢？

当然不是迟钝，我就是浑身上下每个毛孔都充溢着奴性，要管。而代价就是，二十多年过去了，我还在梦中对考试惊恐得一塌糊涂。

有时检点自己曾经做过的噩梦，我发现除了遇见蛇，和从高楼上摔下来之外，对考试的恐惧绝对可以排到第三。但据说前两种恐惧是人类与生俱来的，深植于人类的基因之中,封存着原始人在狩猎时代的记忆。那时人类没有鞋子,毒蛇是人类巨大的天敌;狩猎的追逐,免不了会让人失足坠入深渊,乃逐渐集聚起对于高山深壑的恐惧。而考试给人带来的恐惧,肯定在文明达到相当程度之后,由人的自我驯化所致。野蛮时代,是不可能这样的。我怀疑再过几万年,即便考试制度已经废除,人类也会时时被手捧试卷的噩梦所惊醒,那时他们可能会莫名其妙,不知所以,只怕就必须让人类学家和历史学家合作,通过回溯人类的历史,去解答他们的疑难了。

自行车的故事

南昌话把自行车称为脚踏车，以前是很贵重的东西。我爸爸在结婚几年后咬牙买了一辆，二八载重型的，永久牌。刚推回来时，身上还到处绑着土黄的硬纸壳，表示那是新车，还没拆封。价格，据说要近两百，相当于爸爸半年多的收入。因为他只是郊区小学的一个民办教师，要搁现在，属于被清退的队伍之列，好在他在八十年代初就补了正规中师文凭。

这辆自行车他足足用了二十五年之久，那是他的宝贝。我上初中时，曾经有点想骑它去上学，但他不肯。其实我对它很鄙夷，因为它是载重的，在南昌只有乡巴佬才会买这种载重的车。他们不是公家人，买车不是为了上下班，以及回家的路上顺便带几样小菜，回家炒着吃。乡巴佬是不买菜的，我爸爸就亲自开辟了一块菜地，每天放学后都要在地里侍弄一阵。在绳金塔时还好，记忆中自从搬到乡下，家里就从未买过蔬菜。要是猪肉能从地里长出来，那就算过年，也不用破费了。爸爸有一句名言，让我记忆犹新："你还想买菜吃，以为自己是工人啊？"我被他问得张口结舌，悲愤不已，至今想起来都如受重创。

回到我们的话题上来。乡巴佬买自行车，是为了运货，不是为了代步，所以要载重的。因为车贵，他们的载重车一般在三角杠处缠满了红色塑料条，银色的轮轴处也用彩色的塑料环装饰，骑动时，轮轴转，塑料环也不停地转，气喘吁吁。乡巴佬之于爱车，真可谓仁至义尽了。我爸爸对他的爱车也曾极尽如此的装饰之能事，可我是在城里中学念书的，骑它，怎么丢得起这人？

其实我并不需要为此懊恼，因为我爸爸根本舍不得把他的破车给我骑。我只有两次上学实在来不及，才偷偷骑了它去，为了怕同学看见，还鬼鬼祟祟的，羞于见人。就是诸如此类的众多乱七八糟之事，让我这样一个生下来应该是心理健康的孩子变得神经兮兮。上帝啊，这真的不是我的错。

还好我有一个善良的妈妈，她终于满足了我自己拥有一辆自行车的愿望。

话说妈妈有一个叔叔，是江西上高县物资局的干部，有一天她让我写了一封信，请求这位叔叔帮忙买一辆金狮牌自行车。因为那时买自行车除了钱之外，还得凭票，没票买不到，而这些对妈妈的叔叔来说，却不是问题。这位叔叔很有能耐，我小舅舅之所以能成为牛气哄哄的工人，也全靠他帮忙。他高中毕业后，专门去这位叔叔家寄居了两年，但不是当寄居蟹，只享受不付出。相反，叔叔家的一切家务杂活都是他做，相当吃苦耐劳，才逐渐赢得了叔叔的欢心，肯为他走门路。后来我联想到古代贵族家庭的门客，舅舅投奔他叔叔，大概就像做门客或者舍人，"客何能也？""客无能也。"他不会帮主君杀人，但砍柴担水，做饭打扫，肯定是能胜任的。他叔叔毕竟也只是个物资局的局长，志向不大，小舅的才能虽然微不足道，对局长来说，也差不多够用了，何况好歹是亲戚。

我那封遣词幼稚的信寄出去了，但仿佛一入侯门深似海，杳无消息若为情。我也无奈，虽说算亲戚，但人家不理你是正常的，理你算是恩惠。从小我就明白这一点，倒不必像鲁迅，日日往返于当铺和药铺之间才恍然大悟。谁知有一天外婆突然传话来，那位富贵叔叔所在单位有车至南昌，捎来了一辆金狮牌自行车，要我去取。

巨大的兴奋差点把我击倒了，下了课我急忙往外婆家赶。我生平第一辆自行车正站在外婆家的堂上默默等着我，墨绿色的二六金狮牌，浑身铮亮，恍若天仙；推着走几步，后轮轴发出猎猎的声音，好像天籁；闪亮的钢丝在阳光下闪烁，又仿佛银盘。第一天骑着它去上学的时候，我左顾右盼，希望同学们都能注意自己，注意到自己屁股下的新车。但上学的时候，大家去得有早有迟，相逢的几率较小。那就等放学吧，放学时大家蜂拥而出，都会看到的。可惜那天突然下起雨来，下午第三节课的铃声响过，所有人都挤在走廊上，望着闪亮的雨丝发呆。我很想科头出去，冒雨展示我的心爱宝车，但终于鼓不起勇气，只在心里把老天骂了个百转千回。现在想起来真是汗颜，这是一个什么样的怪物啊！

那时发誓，一定要好好善待这辆爱车，每天把它擦拭得铮亮。估计每个农民娶新媳妇的时候，也是这么想的吧。但我只坚持了不到一个月，就自己践踏了誓言，实在没有恒心每天去侍候它。

南昌多雨，这辆车陪伴了我四五年，就被南昌的雨水腐蚀得差不多了。对它的印象，我获得的那一刻很深，相处的时候则平淡无奇，几乎没有什么事情可资描述，也就是"百姓日用而不知"的境界。唯一深刻的记忆是，每到冬天，我骑它上学，由于经过一段两面都是稻田的路，四无遮蔽，北风怒号，我奋力蹬车，速度如同蜗牛，仅仅能维持车身不倒。虽然戴着皮手套，而手指依旧如冰，粗重的呼吸不断将冰冷的空气吸入肺部，浑身亦如躺在冰窖。那时虽然血气方刚，晚上免不了在温暖的被窝里渴望着女人。但这时就算送给我一个漂亮美女，我也无心享用。在寒风下，各种享乐的器官全都似乎弃我而去，整个人变得和微生物差不多,雌雄同体。古人说,饱暖才能思淫欲,诚哉斯言!

到我将上大学前,金狮终于年老色衰,不堪任用,我亲爱的妈妈又决定给我换一辆新车。

方买金狮之时也,自行车还是很紧缺的东西,否则我不会写信去向妈妈的叔叔求助。凤凰、永久这类品牌,尤其是二六的,都得凭票。等我上大学之后,形势大变,凤凰车已经像青菜一样,被摆到街头上坐卖了。那时南昌街头上个体修车铺门口,就常常摆着一列列凤凰、永久,我在新溪桥商场门口的列肆上挑了一辆凤凰,三百元,比金狮贵一百多。但这时的三百却不能跟四五年前的三百比。

据说识别凤凰车的真伪,要看车身上打的凤凰图标数目够不够多。我数了一下,方向杠中间,脚踏板两侧都有凤凰,比金狮多好几个;刹车是鼓刹,一捏手柄,发出尖利的金属摩擦声,比金狮的橡皮刹车也高级多啦,好听多啦。但我把凤凰骑回家的时候,一点也没有当年骑金狮的那份狂喜。

接下来的时刻就日新月异,没过两年,我妹妹也买了一辆自行车,然而凤凰、永久,她一点都看不上眼。她看中的车色彩鲜红,不知什么牌子,那时在南昌颇为流行,都称之为"公主车",浑身红彤彤的,模样确实有点趾高气扬。她兴奋得不行,和我一样,起初每天都擦拭得铮亮,但不到一个月,就听之任之了。它身上的红也就一天天黯淡下去。

后来我到了北京念书,整个念书期间,没有买过自行车。记得有一次借同学的车,骑着去北医三院看病,回来的路上经过中关村附小,我脑子里在思考什么问题,没发现一辆轿车从巷子里出来,虽然给了我充足的时间刹车,但那时我的思绪还在爪哇之国,自行车的前轮直直撞了上去,将轿车铮亮的车门撞进去一个凹痕。我惊醒过来,当即傻眼,作为一个骑自行车的肇事者,我没想到过逃逸。当然,我应该不是道德情操特别高尚,我只是知道,自行车应该跑不过轿车。

一个中年男人从车里钻出来:"你听见我叫你了吗?那么远的距离,你不管不顾,还能撞上来?"他是来接孩子放学的。最后我把车锁在附近,跟着他上车,去一家汽车修理店。在车上,儿子问父亲:"他是谁啊?"父亲回答:"这位叔叔要跟我们去修车。"上帝!他真有礼貌。

七拐八拐,他把车开到了一个钣金店。老师傅知道我是穷学生,很感慨。嗟夫,壮哉!以自行车撞汽车,胆亦大矣。如果他是文学家,估计会这么喟叹。但他只是个修车的,他说:"你一个学生,不容易,我不挣你的钱,三百块,成本价。"

我垂头丧气地回到宿舍,向同学借钱。三百块那时对我来说,虽然不是巨款,也不算小钱。我们屋对门攻读比较文学的李华川君说:"天下哪有自行车撞了汽车,赔汽车钱的道理啊?不该给他钱。"瞧这话说的,太没道理了,是我没头没脑把人家车门撞凹了,那时能买得起车的人,一定比较有钱,也一定把车当宝贝,当然我该赔的。

从此后就没再骑车。直到工作后,买了一辆二手的捷安特,只花了两百元,第一次非常惊讶,这车骑起来怎么这么轻便?后来经过捷安特专卖店,才知道一辆新捷安特要卖上千元,比凤凰、永久贵得多,才恍然明白，原先以为凤凰、永久是世界上最好的自行车，毕竟中国是自行车王国嘛，造汽车不行，自行车总不该落在人后，谁知……

和以前我始乱终弃的情况不同，那辆捷安特跟了我没多久，就弃我而去。那时我住在北师西南楼，只是上楼拿样东西，下来时车就不翼而飞。我站在那里，悲从中来。虽然自认是很看得开的人，如果有钱，一定也能做到千金散尽还复来，但我究竟没钱啊。其时每月工资六百，要买一辆新车都不够。当然你可以说，比你爸爸那时总好多了，至少两个月薪水就能买一辆，可我爸爸那时不是也没这么多小偷吗？他花大半年工资买一辆车，可结结实实地用了四分之一个世纪呀，一个婴儿都长大成人啦。

我只能去买二手车，但仿佛有鬼似的，接连几辆都相继失踪。才知道京城各高校实在是自行车大盗之渊薮，于是心灰意冷，与自行车洒泪诀别。

一直到去年年末，我偶然逛家乐福，看到一种很小型的永久自行车，大概是二四的。我想，骑过金狮、凤凰，还没骑过永久，看它形状可爱，不如买一辆回去，晚上可以放到屋里，去单位近，开车没必要，步行又稍远，有这样的一辆车正合适。结果买后发现极不好骑，前轮打足气，没几天就瘪了。机械也不知有什么问题，有一次我骑在校园内，气喘吁吁，实在忍受不了，飞身下车推着它跑，也比骑它轻松多了。现在的车质量都这么差了吗？它可是崭新的永久，当年没票都买不到的呀！

还有一个深刻的印象是，春节回南昌，街头已经见不到什么人骑自行车，都是电动车。我妹妹、弟弟已经各自有三辆电动车被盗，但他们都孜孜不倦地买了第四辆。要是在以前，丢失一辆自行车就算倾家荡产，要呼天抢地。然而我妹妹和弟弟说起这事来，却平淡无奇："他们开着卡车来偷的，有几把锁都不怕，直接往车上搬。"看不出神情有一丝悲痛，仿佛在说电影情节，而且似乎很敬佩盗贼们作风的"豪爽"。而他们都不是有钱人，由此看来，如今盗贼虽多，治安大坏，但截长补短，社会还是有所进步的！

说说我的二姨

寒假回去，大年初一，大舅请兄弟姐妹们吃饭。按照南昌的风俗，大年初二，是妈妈他们兄弟姐妹一起去外婆家吃饭的日子，也是一年中不多的相聚齐全的机会。现在外婆外公都已经去世，妈妈的兄弟姐妹们也越来越老，代代轮回，他们初二也要在家和自己子女团圆，不可能再像以前那样。所以，这样的机会是很少的。

进了大舅订好的包厢，我的表弟们都已成人，个个挈妇将雏，一脸疲惫。嘘寒问暖的间隙，忽然看见二姨也坐在那里，犹自是那么木然而瘦骨嶙峋，看见我，微微笑了笑，笑容也一如以前那么古怪。

也许我外家真有不大正常的血统，因为外公外婆是表兄妹结婚的。还好，除了大舅，我另外两个舅舅都比较正常，所以也就没什么好写的。我的大姨、小姨也正常，也几乎没什么好写；但是中间这个姨，或者叫二姨吧，又太不正常了。她还不是大舅的那种名士般的不正常，大舅那种，《世说新语》上比比皆是的；而二姨不一样，毫不风雅，按照古典文学传统，没人会理会这样的人物，但我却想写一下。

我记事的时候，二姨还很正常，有一段时间，她放学回来就唱一首歌：

ABCDEFG

HIJKLMN

OPQRST

UV达掉了热水瓶

达掉了热水瓶

捞油水

哎唷什么ABC

上初中后，我才知道这是那首有名的英文字母歌，但唱到W的时候，我老感觉听起来像南昌话意思为"摔"的词——"答"，这是一个记音字，念入声，本字当怎么写，我也不知道。总之因为它的误导，后面的字母也就讹听成"热水瓶"了。当时很奇怪学校里还教这样的歌，后来听妈妈说，二姨小时候读书还可以的，小学毕业参加工作，才开始出现奇怪的症状。她的工作是承父业当菜农，每天劳作间歇，社员们都齐齐坐在地头的大树下休息，她却默默拿起笤帚扫起地来，把大树周围的一块空场地扫得干干净净。要说她想当劳动模范，也不像，没有哪个劳模是扫地得来的。后来才知道，这是疯的前兆。

很快她全面崩溃，但并不仰天数繁星，也不咧嘴怪笑，对空书咄咄。她最大的不正常，就是见到我爸爸，会突然大声断喝一句："乡下人。"其实她自己也是农村户口，而且还不过是高小毕业，而我父亲若不是身体突然出了毛病，就是个大学毕业生了。她为什么这么有优越感呢？就因为她是菜农，住在绳金塔下，算是城里？户籍制度真是我们伟大的党的伟大发明，强悍无匹，连神经病都不能从脑中将它抹去。

我那时也经常被她惊吓，比如当我拿起瓢在院子里放置的水缸里舀水喝时，她会像鬼一样突然出现，一把抢过我的瓢,喝道:"不许吃。"为什么?对不起,没有理由。舅舅安慰我:"碰到这种人,将她搁高些。"南昌话"搁高些",意思是别去招惹,让对方自己觉得无趣。但是,我不能连喝水都鬼鬼祟祟避开她呀!何况她不是正常人,自己并不会觉得无趣。

全家人就此都不惹她了,但她很快就碰到了强硬对手。那就是我大舅的老婆,我应该叫大舅母。

大舅母不知是哪个乡下的,总之刚嫁给大舅时,口音带着浓郁的乡下味。我感觉城里人一般是以他(她)自己的口音为中心,来评判城乡差别的。他(她)会有这种感觉:一个人的乡味之浓淡,和他(她)离城市中心的远近成正比。这种微妙的读音差别,可以制成类似地质学上的等高图,我相信世上的每个人都有亲身体会。大舅母的口音离南昌市绳金塔的距离应该相当远,远远超过我们将来要搬迁至的城南乡下。城南的发音和绳金塔的发音,有些词汇不同,比如城南把"蜻蜓"叫作"苍格燕里",词尾"里"其实相当于普通话的虚词"儿",是无意义的后缀。迄今为止，我也不知道"苍格燕"三个字当怎么写。某年暑假结束，我从城南回到绳金塔，一日看见蜻蜓，伸指而呼"苍格燕里"时，小舅当即笑我："一个暑假就学得满口乡下话了。"而在绳金塔，则把"蜻蜓"称为"丁顶"，虽然读音略有不同，但至少可以看出两者的亲缘关系，与"苍格燕里"的乡味不可同日而语。当然，绳金塔也并不是什么高尚住宅区，它的居民口中绝大部分词汇和发音，和城南还是相同的，两处的人完全可以轻松自如地交流。然而大舅母的发音，不仔细分辨，有时几乎不知道她说什么，要好一会才能反应过来，可见其乡味之浓重。

以大舅母口音之乡，能嫁给我那公交公司工人的大舅，显然是件喜上眉梢的事。但她性格非常强悍，我那可怜的大舅完全屈服于她的雌威，每月按时将他的工资袋上缴，只留下少许零花。她没嫁来时，大舅和二姨发生冲突，二姨会像僵尸一样立在院子里骂大舅"强奸的"。为什么这么骂，据我妈妈说，是因为大舅之前谈过一个女朋友，双方可能情浓之时出轨，女方怀孕，而且是宫外孕，导致了葡萄胎。在精神不正常的二姨看来，这就是"强奸"。大舅之前拿二姨没办法，对她的骂也懒得理会，反正谁也不会当真。大舅母一来，那就完全不同。某日听到二姨这么骂，她勃然大怒，冲上去揪住二姨的头发就打。她身材高大健壮，瘦弱的二姨哪里是她的对手。我只看见二姨低头弯腰，身体无可奈何地朝着自己头发被揪的方向前进，脚步踉跄，却不敢有少许停留，因为吃不起痛。大舅母一手揪着二姨的头发，一手猛扇二姨的耳光，啪啪作响。二姨徒自哭嚎，两手乱抓，但头都抬不起来，哪能触及目标？被大舅母一阵阵耳光抽得找不着北，嘴角鲜血狂流。我在旁边看呆了，没想到大舅母这么剽悍。所有的亲人都在旁观，悠然事外。直到外婆听到声音，从屋里冲了出来。

人说护犊情深，的确不是虚言。见自己的女儿被揍，外婆当即像疯了一般，扯着嗓子吼道："她一个神经病，你也跟她计较？"

大舅母打人好整以暇，绰有余力，嘴里回应：

"神经病？骂人怎么就不神经病了？不打烂她的嘴，学不乖各。"

身材瘦小的外婆这时已经像疯牛一样冲到大舅母面前，使劲去拨大舅母的手，尖叫道："你打，你先打死我。打死了我再打死她。"外婆酷爱《红楼梦》，不知道这句话是不是从贾母那学来的。当贾政猛捶贾宝玉时，贾母颤颤巍巍地赶到，急吼吼地说："先打死我，再打死他，岂不干净。"她一发言，贾政只好惶恐谢罪。但外婆并无贾母的权威，大舅母一手轻松拨开外婆，一手继续抽二姨的耳光。这场战事最后是怎么结束的，我真的忘了。总之二姨的嘴肿了好几天，此后见了大舅如羊见狼，哪里还敢再骂。人说鬼也怕恶人，何况神经病，信然！也只有我爸爸这样的老实人，才肯始终如一地忍受她"乡下人"的侮辱。其实二姨不知道，我爸爸还是城镇户口呢。

不过二姨的户口不久也变为城镇的了。因为村里的菜地被征用，除了钱之外，每家还能分到一两个招工名额。究竟因为二姨有病，家里人想帮她混一份正式工作以为依靠，因此以大舅母之凶悍，虽然寻死觅活要夺取招工指标，竟然没有得逞。而二姨也竟然逃过了体检，成了一名南昌床单厂的工人。但很快她的症状愈发严重，无法胜任本职工作。床单厂的领导来到外婆家，嘘寒问暖，言辞中颇有怀疑她骗过招工体检之意，但并无证据。于是送往精神病院治疗，未几出院，病发如初。床单厂无奈，只能让她回家休养，每月发点基本工资。

二姨的一生就是如此的惨淡，亲人们绞尽脑汁，找了无数偏方对她进行治疗，甚至瞒着给她吃煮蚯蚓的偏方，仍旧毫无效验。

八十年代中期，我们在绳金塔住了十六年的家被无敌城管宣布为非法违章建筑，遭到野蛮拆迁。而我们全家都是良民，不敢以自焚来恶意抗法，只好悲愤迁往城南乡下。多年后我才知道世界上还有《物权法》这么神奇的东西，据说英国一名乞丐，因为在某闹市区露天住宿达十三年之久，突然天降喜事，按照《物权法》，那片闹市区的黄金地域从此成为他的私人财产，价值上百万英镑。而我们全家在南昌的一个破街道上居住了足足十六年之久，并非露天，却不得不灰溜溜地被赶去乡下。写到这里，我想偷空感慨地叹一声：这世道，真是冰火两重天哪！

城南乡下的生活是枯燥的。某天，突然迎来了二姨，她带着一个男子，亲热地向我母亲介绍说："这是保国。"

保国也是个有精神病史的人，但是那次，他们两个人看上去都极为正常。他们面貌安详，衣装整洁，言笑晏晏，和我爸爸妈妈寒暄，叫我爸爸姐夫，叫我妈妈姐姐，一点也不厌恶我们居住在乡下。我感叹不知是谁这么好心，把他们俩撮合在一起。在我家吃完饭后，他们又礼貌地与我们告别，仿佛贵族。妈妈看着他们相依相偎的背影，欣喜地说："这回好了，看来有了老公，她就能变好。"我也想，是啊，爱情的力量真伟大，竟能让疯子脱缰野马般的心灵也变得宁静。

然而好景不长，很快传来消息，保国的父母不同意他们的疯儿子和我的疯二姨在一起，说是二姨疯得厉害些，配他们儿子不上，活生生地把两个年轻人拆开了。不久我的二姨又恢复了原先的模样，瘦骨嶙峋。每次新年初二的时候，我们一家去外婆家团聚，她见了我爸爸又是暴喝："乡下人。"见我长得老高，又工作了，问我要钱，之后出门，买回来一大堆莫名其妙的东西。外婆就告诫我："别再给她钱，她见了人就讨钱，讨到后见东西就买，不花光不罢休。有一次没钱还去拿人家的，差点被人打残了。"

外公外婆在世的时候，二姨能跟他们相依为命，现在他们二老已经魂归天国，她将怎么过？有谁会像父母一样宽容她？据说外婆临死时，将她托付给了二舅，说如果能将二姨收留照料，生前自己住的这套房子将来就归二舅。

如果是一个正常人，看到相依为命的高龄父母逝去，自己独身在这冷酷的世上再无依傍，不知情何以堪？虽然有众多的兄弟姐妹，谁又能代替父母？但我不知道二姨会怎么想，我只为她感到难过。

压岁钱

我不知道压岁钱这个习俗是怎么产生的,在网上搜了一下,似乎也没有定论。突然就厌烦起来,管它怎么产生的,我又不是文化大师,叫全国人民嗷嗷待哺,等待我的心灵鸡汤。我只想左顾右盼,挖挖自己阴暗的感受。

据说在南昌,早先体面的压岁钱是一块二毛。原因不知道。不过有一点可以肯定,那时的一块二毛,绝对算一笔巨款。吾少也贱,周围的小朋友无人有幸获得这样巨额压岁钱,所以这个也没什么可说的。

我对压岁钱的记忆,是在一个昏暗的除夕之夜,那时的我,大概还是学龄前儿童,在乡下祖母处过春节。老少三代住着一栋地主的大宅子,隔着天井就是大伯和二伯家,只听见他们两堆孩子叽叽喳喳,非常热闹。这是一个难得的酒肉之夜,全年唯有这个时刻,是可以酒足饭饱的。突然,我被一根鱼刺卡住了，祖母手忙脚乱，又是让我咽饭团，又是吞醋，但迄无效果。我于是哭了起来，这时敬爱的祖母就劝慰我："不哭不哭，婆婆给你发压岁钱。"她把一张揉得皱巴巴的绿色钞票塞进我的棉袄口袋，我那铁公鸡爸爸不知怎的，也突然大发慷慨，塞给我一张同样绿色的钞票。我认出它们都面值两毛，于是很快停止了抽噎，继续吞咽饭团。财富竟可以如此轻松收买一个不谙世事的儿童，何况成人？所以，后来我看到岳飞说的那句"文官不爱钱，武官不怕死，则国事可为"，百思不得其解，怎么可能呢，这不是反人性吗？

上面的故事还没讲完。第二天早上，爸爸给我穿上棉袄，我高高兴兴地把小手伸进口袋，想把玩一下自己的财富，却发现空空如也。这让我非常震惊，我盯着爸爸，说："压岁钱呢？"心中其实已经有了不祥的预感。

然而我面前的铁公鸡爸爸恬不知耻地说："压岁钱？你还真以为压岁钱是给你的？你这么小，要钱干什么?"

真是该死,连起码的委婉都不讲。我当即哇哇地哭了起来。为了这四毛钱,我忍住了喉咙里鱼刺带来的疼痛,最后却两手空空,这算怎么回事?

从此我对压岁钱不抱任何兴趣。每年他们都会假惺惺地给我,第二天笃定不翼而飞。但我也不能否认,像我这样的贱货,其实每年还是抱着一丝希望的,希望出现奇迹,在某个正月初一早上起床时,摸摸棉袄口袋,那几张毛票还静静地躺在那里。

当然,奇迹从来没有发生过。

终于到了初中,在妈妈的纵容下,我开始有了真正的压岁钱。数目是五毛一元不等,有时舅舅也给,加起来就有三五元。总之除夕那天,从早上开始,我就坐卧不安,希望亲人们的压岁钱早点到账。记得有一年,小舅舅递给我五毛的时候,还解释道:"今年要结婚,开支大,只能给五毛。"五毛钱对现在某些人来说,到网上发张帖子就能挣到,但在1983年,真的算价值不菲。所以虽然我有些遗憾，却仍旧兴高采烈。

我仅有的一些课外书，都是通过压岁钱买来的，为此我要由衷的感激我妈妈，没有她，我不能进行自我塑造。而用压岁钱去买那些喜欢的书时，我还得偷偷摸摸避开那个我应当称之为爸爸的人。虽然我从很早开始，就不再对他用这个称呼，我只在面对别人指代他时，才不得不启用它（我三兄妹都如此）。有一回，妈妈指着我，兴高采烈地对爸爸说："下午他同学来了，他跟同学说话的时候，提到你，是叫'我爸爸'的。"这让我一脸尴尬。我不知道，铁公鸡当时是什么心情。

对压岁钱的最后回忆，是念大学的时候，妈妈那时因为长年的劳累，摧垮了身体，不再能挣钱了，也因此丧失了给我压岁钱的能力。于是听到同学说，他拿了几百上千的压岁钱，心里再也掀不起一丝波澜。

现在已经轮到我给自己的外甥女和侄女压岁钱了，我希望，他们的父母不要把这钱收走。因为我不想他们小小的年纪，就有被欺骗的感觉。

西 瓜

小时候觉得世界上最好吃的水果是西瓜，总不可思议，它是怎么长出来的，竟能长得这么好吃，红润而饱含甜汁。上帝造物，实在神奇。还想象过，古代的皇帝太舒服了，夏天可以有数不清的西瓜吃。小孩子的见识，和农民对皇帝的想象是一样的。所以后来读了那个野人献曝的故事，觉得一点也不好笑。

曾经听说，西瓜是外来的，五代时才传入中国，不禁有些替王侯将相们遗憾；及至看考古资料，广西贵县罗泊湾汉墓中就已经发现了西瓜子，又莫名其妙地舒了一口气。这么好吃的东西，怎么能拖到五代那么晚，人们才有口福呢？但后来又据说，那个汉墓的西瓜子是不确的，恐怕还得等到五代，又重新替古人沮丧起来。

南昌的西瓜大多是椭圆的，瓜皮浅绿色，但各种画册中，西瓜大多是滚圆的，身上有锯齿状的深绿花纹。直到我来了北京，才亲眼见到。记得有一年夏天，妈妈在炒薤菜，舅舅们坐在堂屋里交谈，交流电影院正在上映《三打白骨精》的消息，说好看得要命。我的心痒痒的，央求妈妈带我去看，遭到了果断的拒绝。直到2000年，我才买到了这部电影的影碟，一连看了几遍，感慨不已。电影里猪八戒啃的西瓜，就是这种圆圆的有花纹的。说如今我坐在这里，又忆起了童年，物质虽然缺乏，却感觉无比温馨，那片陈旧的淡黄色阳光又回来了，那股炒薤菜的气息又回来了。

有一年夏天，骄阳似火，妈妈提前下工回家，破天荒掏出钱，叫我去买西瓜。我赶紧跳起来，跑进了骄阳中。至今历历记得，那次西瓜八分钱一斤，但起码也要一块多钱一个，相比妈妈每月不过三十块的薪水，不算便宜，所以至今才能记得这么清楚吧。

前天师弟来找我玩，提了个西瓜来，很不好意思地收下，剖开后，却发现已经坏了。据说西瓜放久了就不新鲜，但在我的记忆中，西瓜是可以久放的。初中的时候，有一年暑假去城南乡下奶奶家，她的房间里放着一个西瓜，静静地躺在土质的地上。我每次经过总要眼馋地望一眼，起码望了一个多月，等到快开学，我要离开了，她才下令把西瓜杀了吃，没有坏，仍是又沙又甜，那是我生平吃过的最好的西瓜，大概是惦记太久，一朝如愿，终于心满意足，大慰平生的缘故吧。

南昌的夏天非常热，气温四十度以上也不稀奇，电扇这时毫无用处，现在回想起来，满眼都是阳光金黄色的影子，满耳都是蝉的噪声，满脑子都是南昌人躺在巷子里打瞌睡的样子，但西瓜的味道却浮现不到脑海，可见，还是吃得太少的缘故。

童年轶事

电影大概是所有人童年时的欢乐之源,我也不例外。

在南昌,除了规规矩矩的爱国、人民、东方红、儿童电影院之外,七十年代末,各个工厂也相继建立了他们的电影院。每天上下学的时候,我就要经过两个:公交公司的和江西印刷厂的。江印的电影院比较早,我在那里看过电影《流浪者》,但说实话,看不懂,不知所云。而且它的影院大概是会场改造的,比较粗糙,最离谱的是有很多粗大的柱子,若买的座位不巧,视线就会被柱子挡住,只能歪着头看。所以,后来它自己也羞惭地关门了。

公交公司的迅速取而代之,它除了略小一些,没有楼座,其他和城里正式的电影院毫无区别。那里承载了我童年的无数如花记忆。《三笑》《画皮》《405谋杀案》《蝴蝶梦》《梁山伯与祝英台》

《啊！摇篮》《今夜星光灿烂》《武当》等等，几乎都是在那看的，可能总数有一百多部。每天经过公交公司门口，我就要引颈翘望，看它贴出了什么新海报，如果是戏曲片，就去向外婆报告，她一定会兴趣盎然，我承担买票任务的同时，也少不了自己一张。武侠片呢，则报告舅舅；伦理片呢，妈妈；其他片，小姨。总之，亲人们是我用之不竭的影视资源，我见人打卦，几乎总能随心所愿。当然，有一个人必须要避开，那就是我爸爸。写到这里，我很想口诛笔讨，对他给我童年带来的创伤清洗一下，但为了避免离题太远，我想还是拟撰专文比较好。

后来又有一个地方出现——江西电机厂电影院。它的具体崛起时间我忘了，只记得在里面看过一次《精变》，搜了一下"豆瓣"，1983年的电影，那时我已经上了初中。由于年龄的增大，回忆起来已经不那么浪漫，所以没什么好说的。但在那里体验过的一次暴力，却无论如何永志不忘。

据说国外的电影都分级，有暴力镜头的，儿童绝对不许观看。在中国却没有这规矩，有的电影其实也不过是暴力上占了上风，这样，从小我们就不懂得怜惜弱小的生命，恃强凌弱成为人生的第一法则，我自己不清楚用烧红的铁钳烙死过多少蚂蚁，也不知道玩死过多少金龟子、知了和蜻蜓。好在身体孱弱，没有欺负过别人，非不愿，是不能。但也本能感受过被暴力欺侮的痛苦，只是不知其中蕴含着深刻的道理罢了。

我曾说过自己恐高，但总不能永远游离于组织之外。所以，经过多次训练，我终于可以应付普通的高墙了。那天，当我和优等生小龙、留级生小应一起翻墙进入电机厂，刚跳落墙根，两个十五六岁的少年便拦住了我们三人，都刚刚发育的样子，个子比我们高一截，浑身上下充斥着由于缺乏教养而勃然的暴力气息，像乡间主干道两旁的野草一样，灰扑扑的强劲。

"翻墙跑这里干什么？"一个问，带着邪恶的笑容。

"买电影票。"留级生小应怏怏地说，虽然他在班里是我们的老大,呼风唤雨,但在这两个少年面前,却战战兢兢。

"把钱拿出来。"另一个呵斥道。

中国的战争大多数是不义的,目的不过是钱财和妇女,这两样非通过打仗不能办。当然,碰上弱国为了苟安,只能委曲求全,割地送钱和美女求和。然而这在国家则可,在我们则不可,因为这点钱是为了看电影的。在没有生命危险的情况下,似乎看电影还是足够重要。于是只能挨打。

两个少年轮流上前,各抽了我们几记耳光,我们一动不敢动,他们这才心满意足:"下次不许爬墙了,滚蛋。"我这才发现,其实他们还没坏到抢劫的地步,只是太过无聊,打打人,欣赏一下弱者屈辱的样子,能找点快乐,打发时光。

导演陈凯歌曾写过,有一位台湾人,看见大陆火车的乘务员,当着孩子的面欺侮一位父亲,非常难受,以为这样一来,那孩子便无法做人。我读到时不禁苦笑,他实在把中国人想得太脆弱了。

七月半

突然想起昨天是七月十五，老家人习惯简称为七月半。我是不久前才知道，这天传统上还称之为中元节，虽然中元节这个名称我耳熟得很。

我对七月半的印象多在童年，多发生在暑假时期，不像今年这么晚。那时一放暑假，就去乡下祖母身边过。一大家子人住在一间大瓦房里，很大，有正房，有厢房，有马厩，有天井，青灰色的砖砌成的马头墙，高低错落，显得阴森古朴。大门前还开辟了一片菜地，用土墙围着，墙上爬满了南瓜和丝瓜的藤蔓，暑假那段时期，两种瓜的花都开得艳丽，蜜蜂在花朵上方嗡嗡振翅，流连忘返。

屋子的正房左右两套，住着大伯、二伯两家人。他们分别生有七个、五个孩子，叽叽喳喳，在一起可以玩很多游戏，所以暑假那段时间，在我曾是相当幸福的光景。

但有一个傍晚让我开始恐惧起来,那时我们边拍着蚊子边吃饭,祖母突然会说:"今天快点吃,早点关门睡觉,阎王爷要放鬼了。"

我吓了一跳,追问下去,原来每年的七月初一到七月十五,阴间的阎王爷都要开恩,给鬼们放风,让它们出来轻松一下,顺便享用亲人的祭祀。这段期间如果晚上出去,很容易就碰见它们。鬼性阴,生人和它们相遇,不死也要脱层皮,所以必须避开。

于是草草吃完,早早关上门,七八点钟,夜色方才弥漫村庄的时候,到处都呈现一片"长烟落日孤城闭"的景象。我躺在奶奶身边,呼吸着闷热的空气,想着外面鬼魂四处飘荡的场景,怎么也睡不着,问:"鬼会不会从门缝里进来?"

"门上贴了门神呢,它们不敢进来。"祖母迷糊着回答。

老年人什么都知道,于是我放心了,但一会儿,又悲天悯人,担心房间外鸡和狗的处境。据说如果鬼魂来的时候,它们能有感知,会又飞又跳。于是我倾耳听着外面的一切动静，似乎有一两声狗叫，让我越发悚然，但很快又平静了。我对它们更加怜悯起来，到处都是鬼魂，它们怎么度过这漫漫长夜，会吓死的吧。这样担忧了一会儿，究竟年少，终于独善其身地睡着了。那时候入睡是多么容易啊！

稍大了些，就因此很厌恶在乡下过暑假，因为城里没有人提醒说："今晚要早点关门睡觉了，阎王爷开始放鬼了。"大家仍旧把竹床整齐地列在马路边，把电视也搬出来，喝着冰水，看着电视，望着星空睡觉，偶尔会被过路汽车的喇叭声惊醒，然而路灯莹亮，彻夜不息，那些鬼就算游荡，又怎么敢来这？农村地广人稀，树木繁茂，缺乏灯光，更适合阴冷的它们，那片广阔的天地，它们可以更有作为啊！

我已经许久不在家乡过暑假，不知道还有没有一些儿童，像我当年那样害怕七月半。

青云谱

我的老家就在叫青云谱的地方，不过离赫赫有名的八大山人纪念馆，骑车也要半个多钟头。赫赫有名是我的话，我的乡里父老们全不以它为荣，甚至从未听过。文化，是鼓腹而游的人干的勾当，所以"绝圣弃智"这样的话，绝不能当真，它只在逻辑和哲学层面上有意义。我一直怀疑老聃和庄周是贵族子弟，就是这个原因。在生产力极落后的时代，想做个根本没有稿费的自由撰稿人，谢绝体力劳动，倘若没有一定的社会地位，是根本不可想象的。

我只记得自己初次造访八大山人纪念馆，是在小学五年级的春游。春游乃古老的习俗，它能保持至今，实在是我们这群小孩之幸。当然，我先前不知道古人老早就这样干的，"或采明珠，或拾翠羽"，这样的踏青法，殊非我们所能梦见。我们只是兴高采烈地被老师们赶猪一样带着，目标是野外的"瀛上"。这个地名很貌似无奇,其实很典雅。楚国人把水泽叫作"瀛",见于《楚辞》。这样的水泽里,经常种满了绿菱红莲,和红男绿女正是佳配。上者,边也;瀛上,也就是水泽边了。从字面上看,我们踏青的地方着实不赖。可南昌人都知道,所谓的瀛上,打着灯笼也找不到一枝绿菱红莲,有的只是掩映在莽丛中的层层坟冢,我们被告知,下面躺着的全是革命烈士。在这里,春游、清明和革命宣传真是完美结合,虽然我自己的祖先,清明时节也从没去拜祭一下。

终于长大了,到了五年级,单调的春游也终于换了一个地方,那就是青云谱。

青云谱的八大山人纪念馆是个小院子,被一池绿水围着,那次的结果更让我们失望。烈士陵园再不好玩,也还是个宽敞的所在,可以四处跑跑。可这个院子太小,挤了我们这些面有菜色的小学生,只能是人看人。更重要的是,院子的主人名字很古怪,当时同学们互相解释,说是曾经有八个头陀住这的。我有点奇怪，这样狭小的院子，住进八个胖大的和尚，岂不气闷？我那时所能接触的和尚形象，除了唐僧，便是鲁智深和武松那样的。再说橱窗里的黑白水墨画，尽是些僵硬的鱼、秃尾巴的小鸟之类，也远不如小人儿书好看。我于是立刻跟着一帮同学呼拥出来，去附近的驻军靶场爬地道了。当时在那院子看到的风景，现在回想起来，只有一蓬艳丽的花。

随着日渐长大，青云谱竟然成了我的乐园。南昌是个无聊的城市，实在没有什么可供游玩之所，有一个滕王阁，可是新得太厉害，而且那雕梁画栋的奢华，太让我觉得自卑。那么最好的选择，便是小家碧玉型的青云谱了。

说来惭愧，一直到很晚，青云谱对我的最大吸引，也不是朱耷和他的画。那样的泼墨大写意，我总是欣赏不来。我之喜欢青云谱，主要是因为它有那个荒凉的清式小院，高高的马头墙和雪白弯曲的围墙，围墙里的万历年间的古井，尤其是那高耸入云的巨大樟树，让我目眩。其次，就是它的桂花了。院子里站满了矮小的桂树。秋天，枝头上满是金色和银色的米粒，整个园子充盈着沁人心脾的幽香。这种香气，实是我的至爱，所以我在南昌时，每年秋天必去一回，每去必采撷一些细密金黄的花瓣，放在抽屉里。一打开抽屉，浓烈馥郁的香味就扑面而至，像锁着一个精灵。桂花的香大概是花中最浓烈的，我本身是浓香和淡香都喜欢的人，就像我看工笔的国画，既爱淡彩，也爱重彩。据说穷家出身的人，总偏爱厚重颜色的，不管他最终多么暴富。所以晏殊才会嘲笑暴发户写诗，"老觉腰金重，慵便枕玉凉"不是富贵语，"笙歌归院落，灯火下楼台"，才有真正的世家风范，"梨花院落溶溶月，柳絮池塘淡淡风"才是真正的富贵人家，因为富贵至极显露的反而是平淡。而我对厚重和淡雅都喜欢，又是什么缘故呢？

　　我爱桂花，更何况桂花的香虽然浓烈，却香得并不俗气。我天生地喜欢，它是秋天当之无愧的代表，是萧瑟之秋的最后一回挣扎，是商秋最绝美的回光返照。桂花一凋落，秋天也就彻底气绝了。丰子恺翻译的《源氏物语》，描摹风景的句子很多，很喜欢其中一句："满庭红叶，幽艳如锦。"秋花是惨淡的，秋草是焜黄的。可是它也有它艳丽的代表，红叶能如锦缎一样色泽深厚，能和这叶相配的，只有浓郁的桂香。现在走在路上，如果有女子身上洒着桂花香水，也足以将我迤逗得时时顾视。她的相貌美不美，根本不重要。

青云谱虽然狭小，却是应该花一整天时间来赏玩的地方，走是走不累的，时时在巨木荫下坐坐，发发思古幽情，感觉很惬意。一日五游不适合它。有一年秋天，我和几个爱好诗词的朋友去了青云谱，在古树下的石桌上，写了几个词牌的名字在纸上，捏成一团来抓阄，抓到什么词牌就填词一首，我抬到了《玉楼春》，虽然不擅长诗词之道，这时也只好硬着头皮写了，好在对此地本来就有感情，最终倒也毫不费力：

  流光正逐三秋促。冷树寒潭犹聚绿。

  冰清月色日还疏，黯淡轻黄时望熟。

去年此日过茕谷。迎面酸风摇破竹。

徜徉泪墨百回嘘,数缕暗香笼画屋。

回想小时候读屠岸的《青云谱游记》,是以一首七律作结,我这也算是东施效颦了。

戏 曲

我对戏曲的认识，来源于外婆。记得有一天很晚，和她去爱国电影院看《铁弓缘》，一个女将背上插着几面旗帜，握着一杆缠着金箔纸的长枪，一会儿跟人打架，一会儿独自站着，咿咿呀呀地唱。后来缔结了一桩婚姻，好像和她的一张弓有关，具体情节可真是忘得精光了。

那时电影产量少，电影院经常放这种戏曲片，而现在，就是故事片都很难上院线，真是今非昔比。念初中的时候，后座同学很喜欢和我比赛说电影名，按照电影名的字数分类，主要是说四个字五个字的，谁要是最后接不上就算输，而现在除了大片，谁还记得上映过什么电影。

我对戏曲片当然是很不喜欢的，因为节奏太慢，而且滑稽得很，像猴戏，只适合小农经济时代的人，听着图个热闹。当然也有例外，昆曲《牡丹亭》的

"游园惊梦"里很多段曲子，都是让我百听不厌的，听到婉转缠绵处，有时还想，活着真好，有这样好的曲子听；粤剧《帝女花》的"香夭"那折，也如泣如诉。为此我还专门看了一点某昆曲表演家的传记，说她十多岁就开始学昆曲，每天要戴厚重的假发，那种假发闻起来有一股恶臭，臭得让她窒息。读到这里，我也油然产生了同样的生理反应，原来那种在舞台灯光下熠熠生光的头发珠饰，竟是像大粪一样的。

现在有人给这种大粪般的珠饰，取了个并不算贴切的名称"铜钱妆"，因为著名设计大师叶锦添竟然把它带到电视剧《红楼梦》里，让大观园内所有娇媚不娇媚的雌性，额头都挂上它，简直让人喷饭。世上真的很难找到这样不着调的设计师了，不说没文化，就连起码的审美眼光都没有，他是怎么成名的？

这个新拍的《红楼梦》播放时，我都不敢打开电视机，怕不小心碰上它。我很少对艺术评价这么刻薄的，这次是例外。

正月初七及其他

在我曾经住过的城南乡下，正月初七还可以吃顿好的，这是除夕夜和元宵节之间的一个最美好的日子。因为城南有"上七大似年"一说，这个"大似"，意思不是"和……一样大"，而是指"比……大"，是比较古典的白话。《水浒传》林冲风雪山神庙那章，"这个差使又好似天王堂"，里面的"好似"，与此用法类似。

当然，虽说"大似年"，实际菜肴远不如除夕丰富，只有两三样荤菜罢了。那时村里有个高富帅，看见妇女老妪们在池塘边清洗处死的鸡鸭，讥笑道："什么上七大似年，不过就是嘴馋，找理由吃一顿。"这说法高屋建瓴，大概只有不愁酒肉的人才说得出来。

改革开放之后，我们那的农民，最早发家的方式叫"发函"，就是印一些粗制劣造的试卷，发售给各省的小学校。有个老农在城里买了刚兴起的商品房,两个儿子高大帅气,每天骑着簇新的日本摩托车突突突在布满鸡屎的小径上狂奔,吓得鸡鸭鹅们失色而走。妇女们则站起来,艳羡地看着他们的背影,慨叹两声,又蹲下来槌衣服。

夏天的傍晚,乡下人都在河里洗澡,同时交流思想。夕阳西下,几个家居农村,但在城里工厂做工人的中年人,纷纷议论谁家的孩子考上了大学。我们那个高富帅晃着他毛茸茸的阳具,踱到河边,一边脱短裤,一边嗤笑:"哎,是不是考上了大学,得了癌症就治得好?我们就治不好?"说得大家无言以对。

八十年代中后期,南昌电视台播放刘德华版《神雕侠侣》,城里万人空巷,乡下老停电,只能干着急。高富帅干脆买了一台发电机。人倒不错,只要想看,他们都来者不拒。家里坐得跟录像厅似的。我想,他们肯定也很有成就感。

高富帅的老婆都长得不错,皮肤白皙,是城里人,但显然并不能因此驾驭丈夫。我曾看见俩高富帅之一,骑在摩托车上,回头对着老婆吼叫:"你想滚就滚，老子找你这个卵样的还找不到啊？"他老婆本来还精神抖擞，听到这句，身体一颤，像被鬼掐住了喉咙一样，停止了哭号。

但随即富人开始多起来了，养鸭的，养鸡的，养鱼的，卖菜的，开小作坊的……旁午蜂起，个个似乎都在眨眼间累赀巨万，高楼拔地而起，狼狗虎视眈眈，宝马香车，相望于道。那两个高富帅则似乎毫无起色，妇女们不再对他们左顾右盼。他们孤独地骑着油漆日渐斑驳的摩托车，走入了历史，宛如悲壮的西部英雄。

有个养鸭的，前几天还握着瓦刀给我们家砌厨房，转眼就成了养鸭大王，随即又成了村长，随即又成了支书。他倒也直率，逢人便阐述自己的进步经验，有两句名言流传较广："我去上头办事，方法很简单，就是用一个上海牌提包，提一袋子钱去，哪个吃得消？""我那只崽硬实在不成器，连张像样的文凭都没有，否则给他弄只县长当当，根本不算事。市长？那不行哦，人的野心不能太大。"

救护车

有一年，租住在我外公院子里的老姜死了，他用一把剪刀残忍地插入了自己的头顶，这真是一种古怪的死法，血液喷溅得满墙都是，很红，很暴力。

老姜的老婆哭天抢地，惊起了所有的邻居。我的二舅舅毛拱（这是他的小名，迄今我还不知道是什么意思）首先跑进屋去，过了几秒钟，又立刻跳了出来，大声嚷嚷道："我摸了鼻息，老姜还没完全死，还有救。"

怎么救？当然得找医生。我曾经在电影里看到，一旦有人晕倒，就会出现一双手焦急地拨着电话，下一个画面就是一辆呜呜呜的救护车在马路上奔驰，头上红灯不断闪烁。再接下去的一个画面，医生和护士已经等在医院门口，病人被急急推往手术室，医生和护士跟在后面小跑，护士还高举着一个盐水袋。继续接下去的一个画面，病人则已经坐在窗明几净的单人病房里，注意，不但窗明几净，而且是单人的。一个满头银发的大夫，穿着洁白的衣服，脖子上挂着听诊器，对坐在病床上红光满面的病人及其家属慈祥地说："再晚送来两分钟，后果不堪设想啊！"然后双方都发出爽朗的笑声。而那时窗外绿树成荫，鲜花灿烂，恍如仙境。走廊上地板光亮，阒寂无人。医院不但没有阶级差别，甚至也没有城乡差别，农村电影《喜盈门》里的乡卫生所，环境也仿佛高干专用的。

所以，我脑中蹦出的第一个念头便是打电话，叫救护车。不过那是八十年代初，百姓家里哪有电话？

这些没有难倒二舅，他拔腿就往外跑："我跑步去三医院，叫救护车。"

南昌市第三医院离我们家确实特别近，走路我猜也不过十五分钟，跑得快的话，五分钟可能用不掉。虽然电影屡屡告诫我们，"要是晚送来两分钟，后果不堪设想"，但我想，老姜或者命比较大，或者身体底子强，能挺过五分钟也未可知呢？所以，二舅的决定，我当时认为是很英明的。

我跟随着他气喘吁吁地往三院跑，心中充满了一种治病救人的崇高情感,至少可以在作文本上给自己添上浓浓的一笔了。很快,我们跑到了三院。和电影里不同,医院里人山人海,川流不息,我正在着急,叫救护车找谁啊?倒是二舅机灵,他东张西望了一下,撒腿就往一个写着"急诊处"的地方跑去,老远还大呼小叫道:"不好……了,要……死人了,救……护车……"

我怀疑他是评书广播听多了。

一个护士拦住了他:"干什么干什么?出去出去,这里不许叫唤。"

二舅稳住脚步,依旧气喘吁吁:"我们一个邻居……自杀了,请你……们派救护车,要……赶快……"

那护士愣住了,上下打量着二舅,像看见怪物一样,满面狐疑。然后她双唇破开,用一种恨铁不成钢的语气,说出了一句让我极其震惊的话:

"救护车?哪有什么救护车?你以为是拍电影啊!"

剁椒鱼头

十多年前,学校后门就有一个小小的湘菜馆,那时我经常光顾,因为那里有道剁椒鱼头的菜,我非常喜欢。凡是和朋友去那吃饭,总会点这道菜;发展到后来,去其他湘菜馆,也总会点这道菜。

鱼头当然没有什么肉,可吃的大概只有它的一点唇。好在餐馆里卖的剁椒鱼头名为鱼头,实际端上桌的还会有小半截身体,所以并非毫无啃头。但我觉得最好吃的还只有鱼唇,吸到嘴里滑溜溜的,像鼻涕一样,倏忽就滑到了舌面。剁椒的味道在舌尖狼奔豕突,煞是凶悍,然而却是那么过瘾。至于那鱼肉,则如木屑,索然寡味。

传统文化如果还包括传统美食的话,那么我对这个传统文化,还是很有些佩服的。比如剁椒鱼头的发明人,我就觉得特别不一般。我很奇怪,一个没什么肉的鱼头,中国人也能做得这么好吃,确实有相当的才华。专制的文化基因，在食物研制上，倒没有让国人的创造力减退，这也许是硕果仅存的一个领域。当然，就我的价值观来说，这并不值得自豪。口腹之欲，从来都不是我所重视的。

前几天，躺在床上百无聊赖地听着发现频道的一档美食节目，里面热火朝天地介绍马来西亚人怎样烹鱼，突然传来一句生硬的解说词，是翻译的一个马来西亚人的声音："在我们这里，鱼头不能吃，是要扔掉的。但在中国就不会，世界上除了中国人吃鱼头，基本没人感兴趣，这是因为中国人食物极端匮乏。"

对我来说，这句话如同雷击一样，又或者如醍醐灌顶。原来国人的创造力，在诸多禁锢的枷锁下，仍旧能开出灿烂的饮食奇葩，竟不是因为多聪明，而是由于物质的极度匮乏。一个从来都吃不饱的民族，我相信树根草皮在他们手中，也能翻出诸多花样来，究竟还是智人，要不然，那就真的退化成动物了。但也正因为汲汲于此，他们的精神永不得自由。他们依旧还沉浸在动物的领域,动物是天一亮,一睁眼就想着去觅食的。它们才是以食为天,而作为万物之灵的人,不应该这样。

记得小时候母亲收工回家,常常带回一种菜,小小的,名字叫香菇蒂。她说香菇很贵,这个蒂是香菇上揪下来的,卖得便宜。我们用香菇蒂炒苜蓿吃,炒辣椒吃,炒青菜吃,炒柚子皮吃,炒西瓜皮吃,炒各种各样廉价的可以吃的东西吃,把我吃到了这么大。我突然记起这些,是一个马来西亚人在电视上给了我当头一击。

如果一直这么痛诉下去,我知道一定会有传说中的"爱国者"来反击我。所以,在最后,我想说点温馨的,那就是,我从小在小摊上吃过猪肝、猪肠、猪血,觉得无一不是人间美味,但从未碰过鸡肝、鸡肠、鸡血,所以直到现在还不能接受。有人告诉我,其实猪和鸡的内脏,味道是差不多的,而我仍旧不愿去尝试。这大概可以证明,我的童年或者少年时代并非那么匮乏。因为如果真的很匮乏,我想我不会错过鸡们的内脏。我应该什么都会吃,包括手脚并用去扒食传说中的观音土。

希望这后一点比较主旋律。

京师忆旧年

今年是我不常的没回南昌过春节的一年,而据说,大年初一南昌的温度是十八度,这让我很失落。

多年来,对回乡过年我一向感情复杂。因为过年并不具备什么民俗学的意义,相距几千里,除夕之夜的中国人都同样伸着颈坐在沙发上,一边看电视,一边往嘴里填食,又何必回到家乡去呢?何况在我的家乡还多一个朋友——寒冷,这位不受待见的家伙,每次都让我害怕得不行。想到这,我无法不兴味索然。

我不明白南方就为何没有暖气,后来才知道不是南方人节省,而是政府的命令。我们已经习惯于被几千里之外素不相识的人或者团体直接或者间接管束,他们规定我们什么能做,什么不能做,没有人提出异议,以为理当如此。我的乡亲们大多不断呵气,搓着满是冻疮的手掌,自豪地对我说:"我们祖国真是地大物博啊!"仿佛这是一个足够的理由。

除上述原因之外,更重要的是没有一点激情。父母已经老迈,相对无言;妹妹和弟弟都拖家带口,各有自己的一摊事;祖父母、外公外婆也已经魂归天国,亲戚之间由于各种原因,虽然不视同陌路,也不大会热情来往。至于鸡鸭鱼肉,平时就经常能吃到,总之,一切再也不会有年少时的趣味了。

年少时,只有过年才能饱餐鱼肉,我曾经一度私下认为,是过年时的丰盛食品给了我一年的营养需要,虽然这毫无道理,但我就是这么想。可见平时蛋白质的匮乏,因此,突然能大啖膏鲜,这种兴奋会让人永生难忘。

法定的春节要从农历正月初一开始,但我并不喜欢时光那么快流到初一,因为这意味着营养供应的终结。我不知道其他南昌人怎样,但在我们家,粱肉只为三天准备:农历二十四、二十九、三十,尤以三十最为丰盛,之后就只有残汤剩羹。所以,每年初一一睁开眼睛,听见外面的爆竹和拜年声,我就油然有种日薄西山的感觉。

还有一个兴奋之处,就是住在乡下的时候,几乎天天在需要电灯的时候断电,白天有电,晚上则等你睡着了才来。但在过年几天,电量能二十四小时保持供应。据说是村干部去供电局打通关节,送了厚礼。今天我想起这些记忆,会觉得好奇,成为一个地道的中国人,到底来自哪些因素?一个外国人,能不能理解供电和送礼的关系。

有电的春节那是完全不同的,借助春节联欢晚会,我们可以和党中央国务院,甚至喜马拉雅山上的边防哨所官兵们共同分享节日的欢乐,从而由衷感到幸福,不管现在听来如何,却是一个乡村十几岁少年的真切感受。

可惜过了初五,电再次悄然遁去,不知道是村干部送的礼物不够多,还是别的什么原因,总之,我们再也不能与中央各级部委联欢,这是肯定的。于是全家只好返回本真的庸俗,躲在被窝里打牌。一直打到天黑,点上煤油灯再打。母亲如果不上工,则负责提供一日三餐,从不参与,任劳任怨。但这不是说她很安静，相反她经常和爸爸吵架，大多都是经济的原因，不管是春节还是别的什么吉祥的日子，一度让我觉得家庭无足眷恋。但我知道这并不怪她，她一生勤苦，是我平生认为最可爱的人！

有一天出现了一件非常有趣的事。

就算过年，我们家也是基本没客人来的，然而大约是某年正月初八那天，来了爸爸的同事，一个乡村女教师。我们正坐在房间里的被窝中打牌，她在屋外大声叫着我爸爸的名字，充满了勃勃生气。

爸爸赶忙从床上跳下来，胡乱套上裤子，走到堂屋，接待这位不速之客。我们也纷纷响应，像鼹鼠一样鱼贯而出。看见爸爸局促地招呼那位乡村女教师落座，然后匆匆返回屋里，从储存瓜子的坛子里抓起两大把瓜子撒在桌上，热情招呼女教师享用。他们坐在长凳上有一搭没一搭地寒暄着，说些什么我完全不记得了。只记得我和妹妹、弟弟像蚕食般一步步趋近，逐渐挪到了桌前，然后理所当然地一粒一粒从桌子上拣着瓜子，投进口腔，毕竟春节已经接近尾声，别说鱼肉，就连瓜子花生薯片之类的零食也基本告罄，这些瓜子是年货中仅存的硕果，我们不可能抵拒它们的诱惑。

女教师没吃几粒，很快告辞，爸爸堆笑着把她送出门，回来阴冷着脸说："嘎死了，那些瓜子是招呼客人的，你们一点不知道羞耻啊……"但接着他自己也失笑了。我现在回想起这件事，确实感到失礼，只是我实在想不明白，他又哪里学来的这些礼节，几千年来，不都是"礼不下庶人"的么。

突然想到，如果那时桌子上不仅仅只有两捧盐瓜子，而是充斥着各色水果、糖果、干果、糕点，即使我们坐在一旁陪吃，那一定也不能算失礼吧？贫穷就像定焦镜头，会忽略一切背景，残忍地将人物的一举一动放大，使他们显得那么手足无措，即使他们实际上是那么的自然。

但那时我和妹妹、弟弟什么也没有说，只是毫无廉耻地笑着，因为吃到了肚子里的瓜子，才是实实在在的。

过年必须吃得比平时好,在我们意识中,似乎是与生俱来的。到现在才知道它的不对,可是除了这点,节日,确实又有什么可兴奋的呢?

瘟猪肉

中国人非常忌讳商贩以次充好，比如把瘟死的猪做成腊肉、火腿什么的出售，但偏偏这种事屡禁不绝，让国人极为痛苦，又无可奈何。老实说，每次一听到这种事，我的反应也是愤怒，但旋即就淡然了。因为深知愤怒无济于事，又何必呢？庄子曾经把这种得不偿失的行为称之为"重伤"。注释一下，重，读chóng，阳平，重复之义，既然吃瘟猪肉，已经受了一次伤，再愤怒一次，让自己血压狂升，岂不是戕害自己两回？所以，为了善自珍摄起见，对自己完全不能掌控的事情，我们不妨置若罔闻。实在不行的话，还可以忆苦思甜安慰自己。

我就是这么做的。有一天母亲忽然感叹起来："现在的肉这么贵，怎么一点都不香？想当年我们买瘟猪肉吃，香得不得了。"心理阴暗的我宛如发现了阿里巴巴的宝藏，马上要母亲道其详。对爱子的要求,母亲从来不会拒绝,除非她无力办到。比如少年时代,我不知中了什么魔,曾苦求她给我买一把十九块钱的宝剑,结果当然以失败告终。因为妈妈那时的月收入不过三十元,而我那个当年在乡下民办小学教书的爸爸,却没为家庭作过什么贡献。这件事让我至今回想起来都免不了惭愧——我怎么会那样的不懂事!

母亲开始追忆她的似水华年:"那是很早了,普通猪肉七角八分钱一斤,最贵的一块零五,节日才凭票供应,平时有钱也买不到,何况没钱。有一天中午,我听玉珍(一位亲戚妇女)说,她妈妈从乡下弄来一头瘟死的猪,正在割了卖肉,每斤一毛五。我听了马上请假跑去,从人堆里挤进,抢到了三四斤。回来用辣椒一炒,不晓得几好吃!你们小,也吃得高高兴兴。"

妈妈的话朴实无华,但文直事覈,有良史之才。我刚刚记下她脑子的这些如花岁月,谁知一旁的爸爸不甘落后,也畅所欲言。他说:"那时的瘟猪肉确实好吃。有一年夏天，我曾经从背后的河里，捞上来一头瘟死的小猪，回来用辣椒一炒，确实不晓得几好吃。其中两条猪腿，还腌成了蹄花，一直吃到过年。"看见我错愕的眼神，他果断把我指认："别摇头，你自己那时也吃得高高兴兴，只不过岁数小，不知道那是河里捞上来的瘟猪肉。"

这让我有些不适，具体原因不大清楚。冷静下来之后，我试着对自己的思绪做了一点整理。当然必须承认，我整理的成果并非十全十美，你要是拿儿童拼图来衡量，那我可能无法接受。因为拼图货真价实，思绪却无色无味，孰难孰易，只要天良未泯，可以一目了然：我能够接受自己吃过一毛五一斤的瘟猪肉，毕竟那是我妈妈血汗钱抢购来的；但我实在无法接受爸爸肩扛一头瘟死的小猪芙蓉出水，而且还采用同样的方法炒给全家吃。难道我会这么认为：穷人也有穷人的尊严，吃任何东西都应该花钱，捡来的就是不行？

好在这种不适我没有坚持多久，就很快想通了：

这看来也不算什么坏事,我曾经吞噬过那么多瘟猪肉,至今仍健健康康;尤其是我弟弟,又健康又帅。所以,就算现在我们买到了瘟猪肉并且成功地吃下了它,那又有什么关系?毕竟我们不是还有过连瘟猪肉都要抢购的时代吗?

池塘的死鱼

南昌人有个很中国人的习俗,那就是每个人到发育的年龄,都要吃一只或几只春秋鼎盛的公鸡(南昌话叫"样鸡",不知其义)或者鲤鱼,有助于发育,吃得越多效果越佳。若吃不上,据说就长不高大。我生不材,发育太晚,每每看见往常一起玩的其他孩子,个个粗着嗓子,大摇大摆地在街上横着走;或者在河里洗澡,挑逗每一个路过的村姑时,就由衷羡慕。我多么盼望在甩掉破旧的汗衫时,也能让别人看见自己腋下有着浓厚的腋毛啊!

十五岁都蹑手蹑脚地跑了,但我发现自己的嗓音仍旧稚嫩无匹,脖颈粉嫩,没有一丝突起,那种不能走入强壮成年的惊恐,与畏惧衰老的痛苦,大概是一致的。我深信自己可能缺乏一点东西作为催化,那就是大公鸡和鲤鱼。

可是公鸡是不易得的,个人的能力无法办到。问父母要来吃,别说经济不支,似乎也张不开口。我虽然还不大十分懂得男女之事,但也约略知道,吃雄鸡是为了"做大人","做大人"是为了什么,多少和男女之事能搭上关系,然而在中国,这种事向来是下流的代名词,虽然每个黑夜,无论是城市还是乡村,无数张床上都在做着这种所谓下流的事。中国人就是这样,他们的阴茎虽然最短(也许日本人会笑),他们搞出的人口却最庞大,在中国人面前,任何战乱,都不能阻止人口高歌猛进的步伐。

然而,对天发誓,我想吃雄鸡的目的真的不是为了乱搞,我只是想走出瘦弱,加入到强壮者的阵营,因为我确实亲眼见到,往常和我一样的孩子,一年不见,真的换了个人,他们以前打架和我顶多旗鼓相当,而那时我感觉自己经不住他们一击。

有一天爸爸回家从后门走进来,喜滋滋地举着一个竹笤箕:"看,鲤鱼。"

那是条半死不活的鲤鱼,肯定是从我家背后的池塘中捞上来的,池塘被一个叫大眼螺的人承包了。每隔半个月，我就能闻到臭大粪的味道，据说那是大眼螺在向池塘里倾泻饲料。我经常看见大眼螺背着手，沿着池塘边上巡行，威慑着任何一个潜在的偷鱼者。但这无济于事，我隔壁的一个二十多岁的男人叫鸦片烟的，天天躲在柳树丛下，用他非同凡响的鱼竿，在池塘边忙得活蹦乱跳——他右臂一甩，鱼钩呜呜地飞了出去，在池塘里溅起一朵水花，然后摇动线圈，将鱼钩拉了回来，除了烂塑料鞋底、河蚌之外，鲜鱼蒙受他灭顶之灾的次数，也并非屈指可数。据说他还钓到过甲鱼，不过我没有亲见。

然而我父亲是守法良民，不敢这么做的，他只能在天气非常炎热的时候，绕着池塘转悠。因为只有在这样的天气条件下，池塘里的鱼才有死亡的机会，其科学原理我并不清楚，但这是事实——他给我捞上来了一条鲤鱼。

我把那条鲤鱼老实不客气地吃光了，也许爸爸已经意识到我对鲤鱼和公鸡的渴望，公鸡有难度，鲤鱼总算现成。我吃干净了鲤鱼，满怀希冀地躺在床上，等待第二天黎明。我幻想鲤鱼身上的特殊成分被身体尽数吸收，让我全身各个主管膨胀的器官蠢蠢欲动，当阳光照在房梁上时，我一摸腋下，毛发浓密，从此成功加入肌肉虬结的成年男子行列，我想打谁打谁，想挑逗谁挑逗谁。虽然，我并不真想这么干。

桑葚

　　我所住屋子的窗外不远处有一株树,当然不是枣树。它的树干细而直,前几年叶子一直稀稀落落的,很不引人注目。几天前经过的时候,发现树下有一圈星散的黑色斑渍,以为是刚打了虫药,逼得虫子们不得不争先恐后地跳下来。嗣后行人和车辆来回踩碾,尸体的汁水把地面染黑了。第二天,我无意中透过窗户朝外看,见有几个人攀着那树的枝条,在扑打着什么,这才恍然,原来那是一株桑树,他们扑打的是桑葚。那些地上洇开的黑色斑渍,实际上是被桑葚的汁染就的。

　　桑树,是我一度认为最贵重的一种树。小学时候养过一次蚕,曾亲自把卵放在胸前贴肉的口袋孵出,亲眼看见它们从一根根黑细的线条变成白胖的虫子,这期间它们必须吞噬大量的桑叶。在南昌城里,又上哪找桑树去?危急时候,我不得不用莴笋的菜心代替，可是读过《礼记·月令》的就知道，蚕是忌讳湿润的，莴苣的菜心没有桑叶那么干燥，吃得蚕们腹泻而死了好几只。因此桑树是那时我梦寐以求的东西。梦寐以求，就是这样。

童年的时候，我奶奶住的乡下，屋子背后倒有一株桑树，是那种矮桑，像灌木一样蜷曲着。柔弱的枝条四扬，看不到主干，古书上称之为女桑的。女子一般都长得矮小而柔弱，可见古人起名的形象生动。这样的女桑，叶子不够高，小孩子都能摘到；隔着池塘的对面，还有一株高大的桑树，古书上称为檿桑的，比较枝繁叶茂，需要爬上去摘，产叶量足有女桑的数倍有余，看着就让人欢喜。那株桑树的身材，正如我现在窗口看到的这一株。可惜我现在不养蚕，望着它绰约的风姿，心里再也漾不起一丝波澜。人向来是如此冷酷的，对和自己无关的事情，永远是漠不关心。

小时候读鲁迅的文章，知道他的百草园中有"紫红的桑葚"，我却从未在奶奶家后面的桑树上见过，也许我所见的桑树不过那么寥寥几株，而正巧又都是雄性的缘故吧？《尔雅》里说，女桑少葚，檿桑多葚，又或者我见的只是女桑？《尔雅》里还说，那种一半有葚、一半无葚的桑树，名字叫栀，则或者我碰见的只是无葚的栀？总之，命不是那么好，也相应的没有口福。

在我如今供职的学校的正门前，倒看过几次摆小摊卖桑葚的，乌黑得像炭团一样，我那时正研究同源词，猜想"桑葚"之所以叫"葚"，大约因为它颜色是黑的。因为"葚"是个闭口韵词，这类词多有"黑暗"义，大约是不会错的。《诗经》的《泮水》篇里说："食我桑黮，怀我好音。"说明"葚"可以写成"黮"。按照《诗经》的说法，桑葚是个好东西，连恶鸟吃了它都会变善，唱出动听的歌曲；要是恶人吃了也会变善，该多好啊！

我不好意思参与他们扑打桑葚，等他们走后，也攀下枝条摘了几颗，这是我第一次吃桑葚，多少有些失望，因为，味道并不如想象的那么好。

绳金塔记之外公本纪

吾外公,南昌县岗上乡人也,姓刘氏。父曰招发,祖某,乡医,号刘一贴,以治疮一贴必愈得名。招发亦传其技,为乡里所称,家故小康。民国三十三岁,日寇犯岗上乡,百姓鸟兽窜。招发亦赁一车,帅家人走南昌,停城外之千佛寺。寺僧悯之,以一屋与居,使守寺产,由是一家为南昌市人。

日寇败,不数年国朝立,焚寺庙,招流民立一乡,招发亦与焉,遂编为菜农,犹私习医,无所知名。里中有一妇病笃,送医院,皆束手,家人方治下里具焉。招发往,一针而起,名遂大震。妇亦拜招发为义父,终身事之,远方慕而来求医者乃不绝。吾幼时,招发尚存,蒙其看视,至今记其相貌。

招发产三子,长曰明玉,即吾外公,面白善书,尝为皮鞋店经理。国朝十一年,天下大饥,外公不耐,以种菜略可疗饥,遂逃归乡里,终身为农民。晚节遴，长女傍其屋居，外孙饿，一粥不许施与，以父招发看视外孙，迫其女偿费。同姓孙略宽贷，然犹常骂其子："我的就是你的，你的我没份。"其无人性如此。

外公少时，娶表妹细姑，细姑年裁十二，长不及灶台，甚悍，稍有忤则滚地叫号，外公惧之。既壮，细姑转温和，而外公翻暴戾，子女乃上尊号"阎王"。及耄，益得意，尝洋洋言："吾解放前，亦为妓院常客，许我青眼者多矣。"外婆大恚，又妒，私语吾母曰："阎王老而弥无耻矣，此龌龊事，语我何为？"

外公年四十即驼背若龟，然康强壮健，八十九岁乃殁。以视女若敝屣，故临终无肯看护者。三子递陪，亦不耐。吾母曰："其死以前列腺肥大，尿不得排也。"余乃忆家父尝告余曰："昔阎王之父之卧病也，口渴欲饮，呻呼，一屋无应。吾以水与之，为其孙所阻，曰：'已耄乱矣，饮必尿床，谁与料理者？'竟渴死焉。"殊为相似。

绳金塔记之老姜列传

余少时居绳金塔,屋附外家垣。垣内有空房数间,赁于一姜姓者。家主老姜,年可五六十,好饮酒,每饮必醉,醉必诟骂,其妻不耐,时有违言,辄遭其棰楚。育三子三女,三子无论,女皆端丽。其长子长女已婚,中子婴癫痫,时吐白沫,匍匐叫号,若野兽焉,然体魄健,食兼数人,力能投席。独孝母,视其父蔑如也。

一日老姜又醉,方欲诟詈为乐,癫痫子忽至,袖菜刀数劈,刀刀中首。老姜偾,急送医,得苏,然有后遗症,见风即痛。尝小酌后仰视树叶瑟瑟,曰:"此中子聪慧,吾夙所钟爱,尝倾家为疗疾,不意待我若此。"垂泣太息。

异日平旦,老姜妻惊叫号哭,众人醒,就其屋视,则老姜仰卧于床,一利剪奋于颅顶,溅朱半墙,残血犹滴沥若泪。吾舅趋至第三医院,呼急救车,一护士讥之:"汝谓拍影视耶?若等穷酸,安得救护车?"吾舅惭,走归,老姜遂死。其妻泣云:"昨夜将寝,老姜曰头痛,无生人乐。吾意其寻常牢骚,今思之,是早萌死志矣。"众以此皆谓老姜自尽,叹息,劝慰而去。

后数月,老姜妻改嫁。亲迎日,一中年男忽来,号泣曰:"始汝言夫死即嫁我,何为更盟?汝使傻儿杀亲父,为吾不知乎?若真狠毒矣。"老姜妻结舌,甚慌乱。人渐麇集,癫痫子忽溃众出,怒而前,横举中年男,奋臂挥,倏忽飞出数丈矣。宛转呻吟,不能起,众中有人笑曰:"尔欲寻死乎?彼精神病,杀汝亦不偿命。走矣!"中年男瘖,强起,奉头鼠窜。

后数年吾归乡,与家人言及老姜事。吾妹曰:"老姜妻再嫁,夫甚悭吝,亦不乐。其中女初中辍学,奔粤打工,以貌美为一港人收为外妇,产一男,遂得宠;复引其妹嫁一港翁为小妻。其姊早嫁人,夫亦不良,乃离婚从其妹,再嫁一广东富人。三姊妹既兴,乃迎其老母众兄至粤,一家团圆,甚欢焉。"余叹曰:"遂令天下父母心,不重生男重生女。"

绳金塔记之香菊传

余冲幼时，比邻有业裁缝者，耆鲐，养一孙女，长余一岁，常来院中与余熙。余时持大姨所贻连环画数册，彼欲借观。余恐大姨不喜，坚拒之。彼见不能逞，沉吟顷刻，忽曰："若借我观，吾让若观吾阴。"余时年方四五岁，然已知男女之有异矣，即应允。

女名甚伧楚，唤曰香菊，虽长余一岁，而不甚乐学。后数岁事模糊不能记，复能记者，其年已长，延颈秀项，乌发垂髫，宛然一美少女矣。某日余放学归，见其门前聚闲人若干，裁缝老妪则箕踞嚎啕。询之，方知香菊午时忽饮药自尽，不知其由，然多指目其旁邻一绰号为气鼓卵者，云女即为其强奸怀孕所致云。

城南记之邻女传

余少时居城南，邻家有一女，面目清秀，娟婉可爱。门前有一小院，院中立一柳树，尝见此女夏日执一扑囊，仰颈凝视柳叶间，若听蝉鸣，真一美妙之图画。余痴立观之移时不忍去，彼似有所觉，侧首见余，粲然而笑。余窘，乃旋踵，心犹惊跳。后数岁，余外出求学，久不见之。某年归，间与家人言及，则已死数年矣。

余惊愕不已，叩问其详。母曰："汝求学于外未一年，彼骑车访亲。天雨路滑，狂风击面，又值黄昏，天色晦暗，十步之外，不辨牛马。彼上一高坡，低首蹬车，不知对面一大卡车呼啸而降，乃毙命轮下。"言毕叹息。余喃喃曰："向日凝眄柳枝，流波明灭，今都逝矣！"

余母慨然曰："皆彼柳树之为患也。方彼死前数日，有老者过其家，曰：'屋前种柳，宁为藏鬼乎？

是家当有祸患？'不意正应于彼身也。且其真为强死矣，死已数月，一至暮夜，家中鸡飞狗跳声不绝，似有物惊扰驱赶者。算命者云，即其强死之魂魄，恋眷人间，不忍和亲人携离也。"

城南记之堂弟列传

堂弟某,小名憨头,母产其未久,须上班,无暇看护,乃请外婆代劳。外婆半盲,殊无力任之,然知女家贫,难雇人,强诺。余常隔天井闻憨头哀嚎,若中弹之犬。奇之,因攀窗棂窥,见盲媪持一碗粥食憨头,以调羹抵其颈,力呼:"恰(吃)嘛恰嘛恰嘛。"憨头摇头摆尾,抵死不从,若一颈部被扼之蚯蚓焉,粥溢出调羹,滴其胸脯。犹烫,故哀嚎。盲妪不觉,反颔首笑曰:"诚当如是。"复进勺,能入口者,不过十之二三。

憨头幼而徇齐,稍长,意豁达,好狗马,不事家人生产作业。其上初中也,尝以学业负殿为某教师侵辱,衔之。辍学之次日,即纠众往教室。教师方授课,见憨头至,大恐,夺门奔。憨头逐之,教师无可如何,自二楼跃下,一足触地而折。憨头走窜,由是始欲混黑。族人皆不可。其母慨然曰:大丈夫宁当羸死陇亩哉?混黑,太上美衣甘食,其次亦可温饱,最下亦不过归南亩耳,何虑?"皆默然。

憨头混黑道,始不顺,尝为人以三棱刮刀堵至厕,臀被三创,为乡里所笑。族人皆惭,其母独坚执如初,曰:"人前长脸,人后受罪。安有不困苦而可功成者?"憨头益发愤,广结交。既贵显,而母已死,具牲祭,悲曰:"微吾母,吾赢死稻田矣,安能似今收保护费哉?"乡里由是益服其母之智。其父脑溢血死,憨头方避吏事,不敢归。而乡里长者亲赴其家为主丧,殡日,自远方而来会葬者,豪车无虑百余辆,多企业家老板者,其得人心如此。至今为城南霸。

乡下记之城南流氓列传

大扇,南昌市郊城南村人也,少以盗窃输大西北狱,廿年乃还,头已二毛。城南少年与接风,唱卡拉OK,呼小姐陪之,极欢。大扇酒酣,引小姐至屏处,泻火毕,归座捶胸言:"与吾同狱南昌人无虑四五十,皆释还矣。电话一拷,无远近倏忽可至。即有事,吾聚兄弟为汝平之,孰敢多言者?"

少年阳誉之。既罢,其首领名小辉者笑曰:"吾视其前辈耳,又同宗,故略示敬。今城南,乃公之天下,干彼老货何事哉?"皆大笑。然犹命人致大扇柴米,又钱若干。大扇气益壮,出门蟹行,常自伐,又数至村政府索田宅。书记患之,召小辉谋。小辉谢曰:"勿忧,彼不晓事,吾为公教训之。"

即命人至大扇所,索前所致钱。大扇不肯,又无钱。索益急,大扇怒,乃电召二毛军数人至,夜缚小辉笞之。小辉既脱,立征城南混混上百,堵大扇门曰："今日死若残，君择之。"大扇曰："死吾不惧，然人命大，恐累君入狱耳。请致残。"小辉乃以自制枪抵大扇双膝，轰之，膝骨尽碎，遂残。

大扇腿既愈，日拄拐至村政府，气不少索。书记异之，惭恧，转敬之，语小辉曰："是真豪杰，若少汝廿岁，汝之位岂不归他乎？"小辉然之："方吾以枪抵其双膝也，色殊不少桡，虽共产党员不过也。"书记莞尔："于影视中求之乃得尔，现实安有？"乃出资为大扇装假肢，皆进口材，又与其附近一菜市场，曰："今日起，畀汝收保护费矣。"

大扇以此家日丰，犹茕独。某夜，一青年妇人来，语大扇曰："君识妾否？"大扇张目视："是市旁大鹅妇？"妇人颔首："然。吾夫庸奴，与居不乐，愿改侍君。"大扇难曰："吾年老，又残，且与大鹅同族……"妇人曰："始谓君豪杰，旷久，何反作君子态？旗杆已竖矣。"大扇大笑，即于榻上尽欢。

明日，大鹅来，索其妇。妇出坐庑下，曰："吾爱者大扇，不喜君，请离婚。"大鹅欲怒，见大扇执一刀出，不敢，嗫嚅曰："叔如此，人当有闲话矣。且叔豪杰，何妇不可得，岂必夺侄妻。"大扇摇头，曰："是人耳，安分叔侄。人不爱汝，又值新社会，婚姻岂可强迫哉？"大鹅嘿然，后竟离婚焉。

那些炎热的夏日和青春

总感觉青春是和夏日密不可分的。

有一夜梦到自己的少年时代,其实并没有具体的人和事,只是因为那时青春勃发。醒来后不禁低徊颤栗,人生只有一次,青春是永远不会回来了,等待自己的,只有老去。

我喜欢烈日下浓密的树荫,中间一条小径穿过,其余满目是芊绵葱茏,蝉在密叶间声嘶力竭地聒噪,金龟子嗡嗡乱飞,背甲或红或绿,反射着烈日。空气中弥漫着草木的气息,远处偶尔闪过一角池塘的粼粼波光。这就是我童年和少年时代夏日的记忆。

虽然热不可耐,却仿佛人的青春,四下充斥着勃勃生机。冬天却完全两样,那种阴冷惨淡,仿佛天生的悲剧,如果作家要写爱情,绝不该以它为背景。我从未梦见过少年时代的冬天,恐怕不仅仅是因为冻疮给我带来了痛苦。

古人说冬日可爱也,夏日可畏也。身当其时,确实是那样。但在记忆中,却截然相反。

翻开年轻时的相册,看到夏日下自己和伙伴们的面庞,浑身大汗淋漓,身后竹林郁郁葱葱,仿佛能听见当日的山泉潺潺,生命的活力简直要溢出照片。

据说中国人的哲学是非理性,不讲逻辑的,诚然!夏天是生长的季节,官府不能在这个生机盎然的季节处决罪犯,因为这违背天道。王莽"盛夏斩人",在《汉书》上就被当成一项令人发指的罪行。《释名》里说:"夏,假也,宽假万物使生长也。"它之所以取名为"夏",也是有道理可循的。这不完全是一种感性。

南昌的夏天,人们最常吃的蔬菜是蕹菜,又叫空心菜。小时候受命去街角的绳金塔国营菜市场,五分钱可以买一锹。在我少年时代的南昌,大街小巷充斥着廉价的蕹菜炒辣椒的气息。那个时刻,烈日沸腾,柏油马路晒得油汪汪的。古老而灰暗的小巷中,胖子和老人半躺在交椅上打着瞌睡。我游目四望,孤苦无依。然而我那时好像一棵树苗,充满着勃勃生机。

住在乡下的时候,炽热的下午,常常有货郎傍着泥巴夯筑、挂满了金色南瓜花的土墙,走到各家门口来兜售扇子——油纸糊的,圆形,上面画着极简陋的图画,多半只有红绿二色,有大的,有小的,放在鼻子底下,溢出一股桐油的浓郁气息。往常再节俭,农民们这时也会买几把,小孩一人一把小的,大人则是大的,可以扇一个夏天,兼拍蚊子。

北方的夏天,蕹菜也常常是主打,可是我对它没有感觉;家家都有空调,再也没处去找,也不必去找那种油纸扇了。

当然,我应该是叶公好龙,真要让我天天吃蕹菜,扇油纸扇,我也不一定受得了。我不过是怀念附丽其上的青春罢了。

这后一句很肉麻,可我真是这么想的。

图书在版编目（CIP）数据

世情薄 / 史杰鹏著 . —北京：北京联合出版公司，2017.1（2017.8重印）
ISBN 978-7-5502-9000-6

Ⅰ. ①世… Ⅱ. ①史… Ⅲ. ①散文集－中国－当代
Ⅳ. ①I267
中国版本图书馆CIP数据核字（2016）第262942号

Simplified Chinese edition
Copyright © 2016 POST WAVE PUBLISHING CONSULTING (Beijing) Co., Ltd.
本书中文简体版权归属于后浪出版咨询(北京)有限责任公司

世情薄

著　者：史杰鹏
选题策划：后浪出版公司
出版统筹：吴兴元
责任编辑：李　伟
特约编辑：马　旭　马国维
营销推广：ONEBOOK
装帧制造：墨白空间·张静涵

北京联合出版公司出版
（北京市西城区德外大街83号楼9层　100088）
北京京都六环印刷厂印刷　新华书店经销
字数108千字　889毫米×1194毫米　1/32　8.5印张　插页4
2017年1月第1版　2017年8月第2次印刷
ISBN 978-7-5502-9000-6
定价：32.00元

后浪出版咨询(北京)有限责任公司常年法律顾问：北京大成律师事务所　周天晖 copyright@hinabook.com
未经许可，不得以任何方式复制或抄袭本书部分或全部内容
版权所有，侵权必究
本书若有质量问题，请与本公司图书销售中心联系调换。电话：010-64010019